도깨비바늘

이미경 창작집

새미

책머리에

　카페는 온통 푸른 녹음으로 둘러 싸여 있습니다. 울타리에는 붉은
덩굴장미가 가득합니다. 뒤뜰 대나무 밭에서는 포르르 새떼들이 날아올
랐습니다.

　그, 평화를 가슴 가득 담아봅니다. 아주 오랜만에 느껴보는 잔잔한
평화입니다. 내내 소설을 쓰면서 고독이란 열병을 앓고 힘겨워했습니
다. 또한 세상에서 제일 두려운 것은, 바로 '자신의 마음'이라는 것을
깨닫기까지 오랜 시간이 걸렸습니다. 남들도 사는 게 다 고만고만하다
고들 합니다만, 제 삶의 덥게는 날로 무겁습니다.

　그럼에도 불구하고 소설을 포기하지 않았습니다. 돌이켜보면 저의 고
독한 방에는 이슬을 기다리는 한 송이 작은 생명의 들꽃이 피어있었습
니다. 그 들꽃을 생각하며 창작집을 엮었습니다.

　저를 아끼고 사랑해준 지인들께 감사드립니다.

2007. 6.

이 미 경

목 차

청수동이의 꿈

청수동이의 꿈

　서울역에 도착했을 땐 빗줄기가 제법 굵어져 있었다. 대합실 입구 매점에서 비닐우산을 사서 쓰고 지하도로 막 들어섰다. 메케한 연기가 자욱하게 깔려 있어서 앞이 안보였다. 혹 데모를 진압하려고 쏘아 올린 최루탄이 휩쓸고 간 흔적이 아닌가 하고 주위를 살폈다. 그러나 그것은 아닌 모양이었다. 그 어디에도 군중이 모여 있지 않았다. 지하도 깊숙한 곳에서 연기가 흘러나오고 있었다. 순간, 가슴 한 구석이 철렁 내려앉았다. 지하철이 정상으로 운행되지 않을지도 모른다는 생각 때문이었다. 지난 주에 지하철 내에서 화재가 있어 두 시간이나 늦게 집에 도착했었다. 만약 그런 일이 벌어진다면 아내와의 저녁 약속을 또 다시 지키지 못하게 된다. 오늘은 결혼기념일이다. 오늘만큼은 아내와의 약속을 지켜야했다.

　그동안 주말이면 고향에 내려가 잃어버린 아버지의 유골을 찾는다고 난리법석을 피웠다. 아내는 그런 나를 탐탁하게 여기지 않았다. 며칠 전에도 나는 눈을 뜨자마자, 고향에 내려가려고 가방부터 챙겼다. 그러자 아내는 잔뜩 부어오른 얼굴을 하고 침대에서 꼼짝 하지 않았다. 그런데도 나는 아내를 외면한 채 고향으로 휘달려갔던 것이다.

조급한 마음에 연기가 깔린 지하도로 들어갔다. 그런데 사람들은 지하도 입구에 고여 있는 연기 따위에 관심을 보이지 않았다. 마치 민방위 훈련이 끝난 뒤에 거리로 쏟아져 나오는 사람들의 얼굴 표정들이었다. 그렇다면 그리 심각한 일이 아닌 듯싶었다. 어쩌면 사소한 전철 고장일 수도 있었다. 서둘러 불안한 표정을 거두고 발걸음을 재촉했다.

그 때였다. 이상한 냄새가 훅하고 날렸다. 처음엔 무슨 냄새인지 알수가 없었지만 곧 생솔 가지가 탈 때 나는 냄새라는 것을 알 수 있었다. 점점 그 냄새는 코끝을 자극하더니 기분을 우울하게 만들었다. 생솔 가지 타는 냄새는 고등학교 다닐 때까지 아버지의 가마터에서 지겹도록 맡았다. 그 때의 기억들이 밀물처럼 밀려들어 뇌리를 흔들었다. 때 마침 퇴근시간이라서 그런지 지하도는 많은 사람들로 붐볐다. 사람들의 움직임은 마치 하수구로 쏟아져 들어가는 흙탕물을 연상시켰다. 말발굽 소리처럼 들리는 사람들의 발소리, 그 발소리가 귀전을 맴돌았다. 점점 마음이 불안해졌다. 몸이 피곤한 탓일 수도 있었다. 계속해서 환청이 들리고 다리가 휘청거렸다.

며칠 동안 포클레인이 파헤쳐 놓은 가마터를 헤매다가 돌아왔다. 온몸이 욱신거리고, 머리가 지끈거렸다. 오직 집으로 돌아가 쉬고 싶은 마음뿐이었다. 까칠까칠 거리는 턱을 쓰다듬으며 플랫폼으로 내려섰을 때였다. 한 사내와 정면으로 맞닥뜨렸다. 사내는 얼굴을 올려다 볼 정도로 키가 컸다. 그런데 모자를 푹 눌러 쓰고 있어서 도저히 얼굴을 볼 수가 없었다. 사내와 나는 길을 비켜가려고 하다가 한쪽 어깨를 부딪치고 말았다. 그 때서야 사내의 얼굴을 똑바로 바라볼 수 있었다. 그런데 전혀 얼굴 형체를 알아 볼 수가 없었다. 아니, 텅 비어 있는 청수동이를 들여다 본 것 같은 싸늘한 냉기가 스치고 지나갔다. 사내는 아무런 관심도 없다는 듯 서둘러 계단을 올라갔다. 멀어져 가는 사내의 뒷모습을 올려다보면서 사내의 얼굴이 정말 없었는지도 모른다는 엉뚱한 생각을 했다. 어떻게 그런 일이 있을 수 있겠는가. 그렇지만 몇 달 전, 아버지의 옹관묘를 이장하고 난 뒤부터 사람들의 잣대로는 도저히 잴 수 없는 불가사의한 일들이 얼마든지 있을 거라고 믿게 되었다. 지금도 믿을 수 없는 일이지만, 이장하려고 파헤친 아버지의 옹관묘에는 유골이 전혀 들어 있지 않았다. 더욱 놀라운 사실은 집안 대대로 대물림했던 청수동이가 아버지의 유골을 대신해서 그 안에 들어 있었다.

아버지가 눈을 감기 전까지만 해도 장독대에 짚을 십자(十字)로 깔고, 그 위에 청수동이를 올려놓은 뒤 새벽이슬이 가라앉은 청수를 담아 두었다. 아이들이 그 청수동이 옆에서 놀기라도 하면, 아버지는 청수동이를 깬다며 호통을 쳤다. 아버지는 평생 동안 고집스럽게도 청수동이를 지키며 살아왔다. 청수동이를 아버지가 그토록 소중히 다루었던 것은, 무엇보다도 질그릇을 구워내며 살았던 조상들의 정신을 대물림하려는 의도가 숨어 있었다. 그런데 내가 아버지 곁을 떠나던 그날 이후부터 청수동이를 한 번도 본 적이 없었다. 사실 청수동이에 대한 애착 따위도 없었기 때문에 아버지의 집에서 청수동이가 사라진 것도 알아채지 못했다.

선산 근처와 가마터를 모두 파헤쳐 보았지만, 아버지의 유골을 찾을 수가 없었다. 문중 산을 관리해오던 당숙도 별다른 방법을 찾지 못하고, 결국 미리 마련한 아버지의 유택지에 빈 옹관을 묻고 봉분을 세우자고 했다. 그를 당숙이라고는 불렀지만 할아버지 대에서 의형제를 맺은 인연에 불과했다. 해서 친척이라 하기도 멋쩍었다. 더구나 당숙이 몇 년 전부터 치매현상을 보이고 있었다. 답답한 노릇이었다. 집안 대소사를 모두 당숙에게 맡긴 나의 무책임함도 한 몫했다. 그나마 치매가 심하지 않아서 기억을 되살려 볼 수도 있어 다행한 일이었다.

고향 마을은 워낙 좁아서 아버지의 묘를 이장했더라면 금방 소문이 날 법도 한 일이었다. 그런데 아무도 아버지의 시신의 행방을 모르고 있었다. 일이 이렇게 된 것은 내 책임이 컸다. 나는 아버지를 한 번도 내 아버지라고 생각하지 않았다. 친부가 아닌 탓도 있었지만 혹독한 훈련 때문이었다. 나를 옹기장이로 만들고자 하는 그 집착이 점점 나를 집 밖으로 밀어냈던 것이다. 결국 아버지와 의절하다시피 하며 살았다. 임종 때도 가지 못했다. 아니, 정확히 말해서 가지 않았다.

어느 날부터인가 아버지란 존재가 뇌리를 파고들기 시작했다. 알 수 없는 일이었다. 잊고 살았던 아버지의 모습이 가슴 저 밑바닥에서 저벅 저벅 걸어 나오기 시작했다. 날마다 무거운 등짐을 걸머지고 있는 사람처럼 양어깨가 뻐근하기까지 했다. 고개를 들어 돌렸다. 우두둑 하는 소리가 났다.

'아, 아버지… 얼마나 외로우셨을까.'

당시 아버지의 장례를 옹관장(甕棺葬)으로 하려고 했던 것도, 어디까지나 선산을 도맡아서 관리하던 당숙이 대대로 물려 내려온 가풍이라며 고집을 부렸기 때문이었다. 어렸을 때부터 아버지한테 들어서 그런

가풍이 전해지고 있다는 사실을 미리 알고 있었으나, 어쩐지 마음이 썩 내키지 않았다. 그렇다고 두 손을 걷어 부치고 장례식을 돕지도 않았다. 한마디로 구경꾼에 불과했다.

내가 중학교에 다닐 무렵이었던 것 같다. 학교에서 돌아온 나를 아버지는 가마터로 데리고 가더니 식은 가마 속에서 커다란 옹관을 꺼내 보였다. 바짝 긴장한 나는 검은빛이 도는 옹관이 무서워 바지에 오줌을 질금질금 지렸다. 아버지는 엉거주춤하게 서 있는 나를 물레에 앉힌 뒤, 옹관장은 토기를 관으로 삼아 사체(死體) 또는 유골(遺骨)을 매장하는 방법이라고 장황하게 설명을 늘어놓았다. 아버지의 말에 의하면, 옹관을 수직으로 세우는 수직장과 수평으로 눕혀 놓는 수평장이 있다고 했다. 또한 토기를 한 개 사용하는 단식옹관(單式甕棺)이 있고, 뚜껑을 돌로 덮어서 사용하는 석개옹관(石蓋甕棺)이 있다는 것이다. 그런데 조상들은 대대로 수평장과 단식옹관을 주로 사용했다고 했다. 할아버지 대까지는 유골을 매장하는 방법을 써 왔다고 하면서, 아버지도 죽으면 그렇게 하고 싶다고 내 손을 꼭 잡는 게 아닌가. 언젠가는 내 손을 빌려야 한다는 것을 잘 알고 있었기에 미리 나의 다짐을 받고 싶어 했던 것이다. 그런 아버지가 싫었다. 책임을 전가하면서 자신의 곁에 묶어 두려는 아버지가 두렵기까지 했다. 그때까지도 옹관장이 집안 대대로 내려올 수 있었던 것은 아버지가 나에게 말했던 것처럼 대물림해서 그 방법을 알려주었기 때문이었다. 다음에 너도 네 아들에게 옹관장에 대한 내력을 알려줘야 한다며 몇 번이고 같은 말을 되풀이했다. 그날 나는 아버지의 그런 모습을 보며 새삼 놀랐다. 늘 묵묵히 흙만 주무르며 살아온 아버지의 입에서 그토록 어렵고 유식한 말을 한다는 게 믿어지지가 않았다. 더군다나 그 뜻을 알기에 나는 너무 철부지였다. 아니 솔직히 말하면 아버지가 너무도 낯설게 느껴졌기 때문에 이야기가 귀에 들어오지 않았다. 그래서 수직장이니, 수평장이니 하는 옹관묘의 방법도 아내가 도자기를 굽기 시작하면서부터 전문 서적을 뒤적여 확실히 알 수 있었던 것이다.

그 뒤로 아버지는 틈만 나면 나에게 물레 잡는 법을 가르쳤다. 그런 아버지를 못마땅하게 생각한 어머니는 내가 고등학교에 들어가자마자, 학교 근처에다 방을 얻어 자취를 시켰다. 그러나 아버지는 쉽게 고집을 꺾지 않았다. 쉴 새 없이 나를 집으로 불러들였다. 아버지와 어머니의 갈등은 나날이 켜켜이 앙금처럼 쌓여갔다. 급기야 서로 한집에 살면서도 얼굴을 마주하는 것조차 거북스러워했다.

나는 아버지의 임종을 지키지 못했다. 그 당시 해외 출장 중이었는데, 장례가 끝난 다음에야 돌아왔다. 더 먼저 출국할 수 있었는데도 마음이 내키지 않아 그렇게 하지 않았다. 그 일은 시간이 흐르면서 마음의 짐이 되었다. 늘 죄책감에 시달렸던 나는 이번에는 기필코 내 손으로 아버지의 유골을 이장하리라 마음먹었다. 그런데 아버지의 유골대신에 청수동이가 나오다니 어이가 없었다.

그 청수동이를 어디에다 보관하느냐 하는 문제를 두고 당숙과 여러 차례 의논을 했었다. 치매가 있는 당숙이 맡는다는 것도 썩 내키지가 않았고, 그렇다고 서울로 가지고 갈 수도 없는 일이었다. 딱히 좋은 방법을 찾을 수가 없었다. 결국 당숙의 집에 두고 돌아왔다. 당숙은 나중에라도 내가 청수동이를 가지고 가겠다고 하면 언제든지 내주겠다고 말했다. 그런 말을 하는 당숙은 가마터를 끝까지 지키며 살아온 것에 대해서 나름대로 긍지와 자부심을 갖고 있는 듯 엷은 미소를 띠었다.

고향이 댐 공사로 인해 수몰지역이 되었다. 그 바람에 아버지의 묘를 이장하라는 통보를 받았다. 당숙은 병든 몸으로 쓰러져 가는 가마터를 인근 지역으로 옮겼다. 당숙은 꺼져 가는 불꽃처럼 늘 위태로워 보였다.

아버지의 묘에서 꺼낸 청수동이는 양쪽 귀퉁이에 둥근 모양의 장식이 달려 있었다. 마치 아프리카 토인들이 귀에 달고 있는 귀고리처럼 원형이었다. 손잡이의 쓰임보다는 장식으로 만든 것 같았다. 청수동이는 한 눈에 보아도 오래된 것임을 금방 알 수 있었다. 옹기장이들마다 청수동이를 장독대에 두고 신주단지 모시듯 했던 것은 아니지만, 내가 어릴 때만 해도 청수동이가 있는 집이 몇 채 있었다. 청수동이는 장독대를 다스리는 철륭 신에게 치성을 드릴 때 사용했다. 어찌나 청수동이에 대한 아버지의 정성이 대단했던지, 아버지 몰래 청수동이를 들여다보았다. 나는 지금도 꿈속에서 청수동이를 쓰다듬고 있는 아버지의 모습을 보곤 한다.

돌아오는 길에 청수동이를 보기 위해 당숙의 집에 들렀다. 청수동이를 보는 순간 울컥하고 무언가가 치밀더니 가슴이 시려왔다. 나는 아버지가 보았던 무지개를 보고 싶었다. 그러나 아무 것도 보지 못했다. 일 미터가 될까 말까 하는 청수동이가 왜 그리 깊게 느껴지는지 모를 일이었다. 어릴 때 가끔 훔쳐보았을 때와는 사뭇 다른 느낌이었다. 내가 청수동이를 들여다보며 헛기침을 하자, 청수동이 안에서 작은 울림이 퍼졌다. 나는 무지개를 보지는 못했지만, 처음으로 청수동이의 울음소리를 들었던 것이다. 당숙은 예전에 아버지가 그랬던 것처럼 새벽이슬이 가라앉은 청수를 담아놓지는 못했다. 그런데도 청수동이는 예전의 맑은 물빛을 띠고 있었다.

그 때까지도 지하도 입구에서부터 나기 시작한 생솔 가지 타는 냄새가 점점 나를 깊은 상념 속으로 몰아갔다. 전철을 기다리는 동안 플랫폼 사각기둥에 몸을 기대고 섰다. 불현듯 현기증이 일어났다.

전철이 미끄러지듯 플랫폼으로 다가오자, 귀가 갑자기 멍해지면서 사람들의 말소리가 전혀 들리지 않았다. 나는 두 손으로 귀를 꾹 눌렀다. 그러나 여전히 사람들의 말소리가 들리지 않았다. 서서히 비질 소리가 들려왔다. 겨울이 오면, 방문마다 창호지를 바르던 어머니의 비질 소리 같았다. 아니, 어머니의 비질 소리가 아닌 듯했다. 아버지의 붓질 소리였다. 초벌구이가 끝난 옹기를 붓으로 살살 털어내던 그 소리가 분명했다.

청량리 방면으로 가는 전철을 탔어도, 잘못 탔는가 싶어 옆 사람에게 몇 번이고 되물었다. 그런데 옆 사람이 하는 말을 전혀 알아들을 수가 없었다. 답답해서 한숨이 나왔다. 비를 맞은 사람들의 몸에서 나는 눅눅함 때문인지 전철 안의 냄새가 몹시 역겨웠다. 가마터에서 퍼져 나온 솔잎 향이 집안으로 스며들면 케케묵은 냄새까지도 사라지던 그런 냄새가 아니었다. 가마에 불이 꺼질 때쯤, 아버지는 미리 마련해 둔 생솔 가지를 가마 안으로 밀어 넣었다. 그런 다음 문을 닫아버리면 얼마동안 생솔 가지가 지글거리며 타들어 갔다. 메케한 연기가 났지만,

차츰 솔잎 향이 가득 퍼졌다. 생솔 가지가 타면서 내뿜는 연기 때문에 질그릇이 시꺼멓게 변했다. 아버지는 흑토(黑土)를 쓰지 않고서도 그렇게 생솔 가지를 태워 검은 질그릇을 구워냈다.

얼굴이 화끈거렸다. 얼굴이 화끈거리는 이런 느낌은 오늘이 처음이 아니었다. 손 없는 날을 택해 아버지의 묘를 이장해야 한다는 당숙의 전화를 받고 난 뒤부터 얼굴이 화끈거리는 증세를 보였다. 아내가 그런 나를 보고 어차피 해야 할 일인데 뭘 그렇게 걱정스러워 하느냐고 말했다.

아내는 생활 도자기를 굽는 일을 하고 있다. 아버지가 조금만 더 살았더라면 도자기 굽는 아내를 보며 그나마 안심하고 눈을 감았을지도 모를 일이었다. 처음 아내를 만났을 때만 해도 그녀가 생활 도자기를 굽는 일을 하리라고는 상상도 못했다. 결혼하고 몇 달 후였던가. 아내가 취미 생활을 한다고 공방을 들락거렸다. 아내가 어찌나 도자기 굽는 일에 열심이었던지, 그 당시 4개월 된 태아가 유산되고 말았다. 화가 난 나는 아내에게 공방에 나가지 못하게 했는데, 아내는 끝내 고집을 꺾지 않았다. 아내는 가마 대신에 전기 오븐으로 도자기를 구웠다. 발로 굴려서 사용하는 수동식 물레 대신에 스위치만 누르면 일정한 속도로 돌아가는 물레를 돌려서 컵을 만들고 그릇을 빚어냈다. 생전에 아버지는 물레를 둥굴레라고 불렀다. 그 둥굴레는 둥근 나무틀을 사타구니에 끼고 페달을 밟으면 판이 빙글빙글 돌아갔다. 그러나 일정한 속도로 물레를 돌리기까지는 많은 숙련이 필요했다. 옹기장이란 말을 듣기 위해선 적어도 발바닥이 닳도록 페달을 밟아야 했고, 손가락 마디마다 못이 박히도록 흙을 빚었다. 그런데 아내는 너무도 쉽게 도자기를 구웠다. 아내가 조금은 가소롭게 느껴졌다. 아버지는 오랜 시간을 두고 흙을 치고 다졌다. 그리고는 손끝 감각으로 빚은 도자기에 무늬를 찍거나 그림을 그려 넣은 후, 응달에 잘 말려 유약 처리를 했다. 그런 다음 도자기를 가마에 넣어 불을 지폈다. 나는 도자기를 굽는 아내의 모습을 보면서 가끔 아버지를 떠올렸다. 때로 아내가 나를 대신해 흙을 만지고 있다는 착각도 들었다.

나는 아버지의 유골을 잃어버렸다는 죄책감에 시달리다가 얼마 전엔 몸이 쇠약해졌는지 유행성 독감까지 걸렸다. 며칠 동안 고열에 시달렸다. 아버지가 꿈속에 나타나 왜 빈 옹관을 묻었느냐고 호통까지 쳤다. 곁에서 지켜보다 못한 아내가 휴가라도 내서 여행을 다녀오라고 했지만, 그것도 마음이 내키지가 않았다. 그런데 댐 공사가 막 시작되었으니 빨리 가마터로 내려오라는 당숙의 전화를 받았다. 당숙의 목소리는 예전과 다름없는 목소리였다. 더욱 반가운 일은 당숙이 지난 일을 조금씩 기억한다는 것이었다. 그래서 나는 부리나케 고향으로 내려갔다. 내가 고향에 도착했을 땐, 이미 가마터는 포클레인이 모두 헤집어 놓은 상태였다. 더군다나 당숙은 내가 누구인지 알아보지도 못했다. 갑자기 치매가 심해진 것이었다. 어떻게 그럴 수 있는지 나는 가슴을 쥐어뜯었다. 당숙의 말을 종잡을 수가 없었다. 아버지의 유골을 강에다 뿌렸다고 했다가도, 산에다 묻었다고 했다. 어쩔 땐 정신이 멀쩡하다가도 한순간에 지난 일을 까마득하게 잊어버려 식구들마저도 알아보지 못했다.

댐을 만들고 있는 그곳은 오래 전부터 옹기장이들이 모여 살아서 가마 골이라고 불렀다. 마을은 텅 비어 있었다. 깨진 옹기들과 낡은 살림살이만 나뒹굴고 있었다. 앞산 중턱까지 물이 찬다고 했다. 그래서 인근 마을 뒷산에다 아버지의 유택지를 마련했다. 산 주인과 실랑이 끝에 겨우 마련한 자리였으나 예전의 유택지만 못했다.

전철이 서서히 멈추었다. 그 때서야 나는 정신이 번쩍 들었다. 출구문이 열리자, 사람들이 우르르 몰려들었다. 그 바람에 나는 구석진 곳으로 밀려났다. 숨이 탁탁 막혔다. 주머니에서 은단 몇 알을 꺼내 입안에 넣었다. 담배를 한 대 피우면 속이 가라앉을 것도 같았다. 전철 안이 금연 장소가 아니더라도 빽빽하게 들어찬 사람들의 틈바구니에서 담배를 피운다는 것은 무리였다.

아버지는 고혈압으로 쓰러져 유언 한마디 남기지 않고 눈을 감아버렸다. 너무도 어이없는 죽음이었다.

'평생을 둥굴레를 돌리며 살아온 네 아버지이니까 꼭 옹관묘를 써야 한다.'

그렇게 말한 당숙은 내 허락을 기다렸다. 그런데도 나는 회사 사정상 사우디아라비아에서 꼼짝도 하지 못하고, 모든 장례 절차를 당숙에게만 맡겼다. 당숙이 잘 알아서 아버지를 옹관묘에 모셨을 것이라고 생각한 나머지 귀국하고도 자세한 것을 알아보지 않았다. 사실 나는 옹관묘라는 장례 의식을 탐탁하게 생각하지 않았다. 미개한 사람들이나 고집하는 악습쯤으로 여겼던 것이다. 조부까지는 장례를 세골장(洗骨葬)으로 했다. 세골장은 사람이 죽으면 오두막을 지어 그 속에 시신을 넣어 두는 풍습이었다. 몇 달 후에 그 시신이 다 썩으면 뼈를 추려 옹관에 넣어 묻는 매장 법이었다. 그러나 세월이 흐르면서 그런 방법을 쓸 수가 없었다. 시신이 썩는 악취도 만만치 않았지만, 악습이라고 사람들의 입에 오르내려 더 이상 세골장을 고집할 수가 없었다. 시신을 화장해서 옹관에 넣는 방법을 썼던 것이다.

나는 '옹기쟁이 놈' 이라는 놀림을 당하며 자랐다. 요즘에는 도공들을 일컬어 도예가라고 추켜세우기도 하지만, 내가 어릴 때만 해도 '물레쟁이' 라고 한다거나 '옹기쟁이'라고 부르며 천하게 대했다. 더군다나 우리 집을 두고 산 사람까지도 움막 속에 가두어 죽게 한 다음, 옹관에 넣어 묻는 집안이라며 늘 깔봤다. 내 또래의 아이들은 우리 집 근처에는 얼씬도 하지 않았다. 그런 탓에 나는 어린 시절을 외롭게 보냈다. 양지바른 무덤에 앉아 먼 하늘을 쳐다보며 넓은 세상을 꿈꾸어 보는 것이 고작이었다. 나는 산 속에서 늦게까지 놀다가 저녁에서야 집에 들어오는 날이 많았는데, 그 때마다 흙을 다지지 않았다고 아버지에게 흠씬 두들겨 맞았다. 아버지가 시킨 일을 다 해놓지 않으면, 구석에 놓여있던 질그릇들이 사정없이 날아들었다. 그 바람에 이마를 다섯 바늘이나 꿰맨 적이 있었다. 아직도 그 흉터가 남아 있어 거울을 볼 때마다 어린 시절이 떠오른다. 부엌에서 청수동이의 물로 밥을 짓던 어머니가 달려와 아버지를 말리지 않았다면, 구어 낸 질그릇들이 날마다 날아들었을 것이다. 아버지는 평소에 말이 없다가도 내가 가마 일을 배우지 않으면 전혀 딴 사람처럼 변했다. 나는 그런 아버지가 싫었다. 나를 물레에 앉히려고 고집을 피우는 아버지가 너무도 원망스러웠다.

'너는 둥굴레를 잡지 마라. 너만큼은 내가 공부를 시키마. 땅 두더지

처럼 사는 것이 모두 저 놈의 청수동이 때문이야.'

어머니는 아버지에게 꾸지람을 듣는 날이면, 모두 청수동이 탓으로 돌렸다. 검은 색을 띠었던 청수동이는 늘 장독대에 얌전히 모셔져 있었다. 가마에서 질그릇을 꺼내던 날 아침, 아버지는 제일 먼저 장독대로 가서 청수동이 뚜껑부터 열어보았다. 청수동이에 담긴 물을 보고 가마 점을 쳐보는 것이었다. 아버지는 질그릇이 금이 갔거나 색이 골고루 나지 않는 날은 청수동이에 담겨져 있던 물이 뿌옇게 흐려진다고 했다. 그러나 좋은 질그릇을 건진 날은 신기하게도 청수동이에 무지개가 뜬다는 것이었다. 언젠가 가마에 파지가 많이 나오던 날이었다. 나는 청수동이의 물이 뿌옇게 흐려졌을까 해서 아버지 몰래 청수동이의 뚜껑을 열어 보았다. 그런데 청수동이는 하늘을 가득 담고 있을 뿐 아무런 변화가 없었다. 도대체 아버지는 무엇을 보고 그렇게 말을 하는지 모를 일이었다.

아버지는 집안 대대로 내려오는 청수동이가 뿌옇게 흐려진다면서 날마다 술을 마셨다. 그 당시 아버지의 질그릇들은 플라스틱 그릇에 밀려 제 값을 받지도 못했다. 그래서 집안 살림은 어머니가 꾸려나갔다. 아버지는 가마를 헐 때마다 나오는 파지를 모조리 깨버렸다. 그래서 어머니는 시장에서 플라스틱 그릇을 사들여 부엌살림으로 썼다. 우리 집 부엌은 플라스틱 그릇이 많았다. 어머니가 시장 한 모퉁이에 '옹기네 수선집'을 차리기 시작하면서, 아버지가 구워 낸 질그릇이 더 이상 팔리지 않아도 생활 형편이 나아졌다. 어머니의 바느질 솜씨가 워낙 좋은 탓에 '옹기네 수선집'은 날로 번창했던 것이다. 그러나 아버지의 가마터는 갈수록 무너졌다. 늘 술에 취해 청수동이만 들여다보는 아버지가 무능력해 보였다. 더군다나 옹기장이는 흙을 만지며 살아야지 공부가 무슨 소용이 있느냐고 하면서 책을 태우는 아버지를 멀리하기 시작했다. 점점 아버지의 성화에 못 이겨 물레에 앉아 흙을 빚었던 예전의 감각도 차츰 잃어갔다.

나는 어려서부터 어머니와 아버지가 정답게 이야기를 나누는 모습을 한 번도 본 적이 없었다. 처음엔 아버지가 집안 일에 무관심하기 때문에 어머니가 차갑게 행동한다고 믿었다. 그런데 내가 모르는 일이 있었다. 오래 전에 어머니 위장에 종양이 생겨 수술을 했던 일이 있었다. 아버지는 다짜고짜 병실에 누워 있는 어머니에게 아직도 가슴에 잊지 못하는 게 남아 있냐고 말했다. 그러자 어머니는 화를 버럭 냈다. 병실 밖에 서 있던 나는 무슨 뜻인지 알 수가 없었으나, 꼭 나 때문에 두 분이 다투는 것 같았다. 내가 막 병실 문을 밀고 들어섰을 때였다.

'큰 아이를 절대로 옹기장이로 만들지 않을 테니, 퇴원하면 그만 가마터로 내려가지. 당신 말대로 큰 아이는 옹기쟁이의 피가 흐르고 있지 않아. 내가 너무 고집을 피웠어.'

아버지는 혼잣말처럼 중얼거렸으나, 나는 그 말을 정확하게 알아들었다. 순간 나는 아버지가 아주 멀게 느껴졌다. 일종의 소외감 같은 거였다. 다시는 아버지가 나에게 옹관장에 대한 설명 따위는 하지 않을 것 같은 예감이 스치고 지나갔다. 나를 본 아버지와 어머니는 나보다 더 놀라고 있었다. 무엇보다 놀라운 것은 아버지가 나의 생부가 아니었다. 어머니가 핏덩이인 나를 데리고 아버지와 재혼을 했던 것이다.

'너는 어려서부터 하는 짓이 달랐어. 늘 먼 산을 올려다보며 멀리 달아날 생각만 했지. 꼭 네 아버지를 빼 닮았지 뭐냐.'

그 때부터 나는 어머니를 멀리했다. 웬일인지 같은 공간에서 숨 쉬는 것조차 부담스러웠다.

계속해서 얼굴이 화끈거리고 속이 울렁거렸다. 옆 칸으로 가는 출입구 쪽으로 겨우 몸을 틀었다. 그러자 숨쉬기가 편안해졌다. 다음 칸에도 사람들이 빽빽이 들어 차 있었다. 마치 전철이 플라스틱으로 만든 장난감 기차 같았다. 꼬마 병정들이 가득 타고 있는 그런 기차 말이다. 내가 기차 장난감을 갖게 된 것은 다섯 살 무렵이었다. 하루는 웬 낯선 남자가 찾아와서는 나에게 기차 장난감을 안겨주더니 말없이 사라져버렸다. 그런데 나는 어머니에게 기차 장난감을 준 남자에 대해서 한마디도 하지 않았다. 그 남자가 나에게 그렇게 시켰거나, 아니면 기차 장난감을 빼앗기지 않으려고 한 행동이었을 것이다. 아마도 그 남자가 생부이거나 가족의 일원이었을 것이다.

서울에 있는 대학을 다니기 위해 고향을 떠나던 날, 나는 처음으로 기차를 탔다. 막 기차가 출발하려고 할 때였다. 아버지가 역내로 뛰어오고 있었다. 그러나 이미 기차가 출발한 다음이었다. 아버지는 차창 밖에서 뭐라고 소리쳤다. 나는 한마디도 들을 수가 없었다. 기차가 속력을 내자, 아버지는 못다한 말을 목구멍으로 삼킨 채 망연히 서서 나를 쳐다볼 뿐이었다. 기차가 일으킨 바람 때문에 아버지가 입고 있던 낡은 옷이 몸에 휘감겼다. 순간 아버지의 몸이 딱딱한 나무토막처럼 보였다. 그때 실망으로 가득한 아버지의 눈빛을 보았다. 아버지는 그날 나에게 무슨 말을 하고 싶어 했을까. 이제 나도 그때 아버지의 나이가 되었다. 그래서일까. 아버지가 나에게 하고 싶었던 말이 무엇인가를 생각해 보곤 한다. 어쩌면 아버지는 낳은 정보다 길은 정이 깊다는 말을 해주고 싶어 했던 것은 아니었을까.

전철이 삐걱거리는 소리를 내며 요동쳤다. 휘어진 코너를 돌고 있을 때 내 몸도 따라 휘청거렸다. 나는 손잡이를 꽉 붙잡았다. 전철이 서서히 정차하기 시작했다. 아내의 작업실을 가려면 이번 역에서 내려야했다. 나는 출구가 열리자마자 서둘러 지하철에서 내렸다.

아버지의 유골이 사라진 이후부터였다. 뭣하나 제대로 된 일이 없었다. 아내와도 늘 사소한 일에 부딪치는가 하면, 직장에서도 거래처 오더를 놓치는 바람에 시말서까지 썼다. 견디다 못한 나는 직장에 병가라도 내서 잠시 쉬어볼까 생각중이었다. 하지만 당장 오늘이라도 아버지의 유골을 찾기만 한다면 일단 모든 일이 제자리로 돌아갈 수 있을 것만 같았다. 그래서 틈만 나면 고향으로 내려가 가마터 주위를 헤집고 다녔던 것이다. 어머니가 살아 있었다면 이런 고생은 하지 않았을지도 모른다는 생각이 스치고 지나갔다. 어머니는 일 년 전에 세상을 떠났다. 어머니의 시신을 화장해서 고향 근처에 있는 납골당에 안치한 것은 두고두고 후회가 되었다. 어머니가 눈을 감기 얼마 전, 군청에서 아버지의 옹관묘를 이장해야 한다는 공문을 보내왔다. 새로 마련할 유택지에 아버지와 어머니를 나란히 함께 모셔도 될 일이었다. 그러나 나는 아버지와 어머니가 평생을 남남처럼 살았는데, 어떻게 합장하겠느냐고 고집을 부렸다. 물론 어머니도 내 의견에 애써 반대하지도 않았다.

말문을 닫고 누워있던 어머니는 마지막으로 '네가 정말 무서웠다.'라는 말을 남기고 눈을 감았다.

요즘 들어 부쩍 그 때의 어머니의 말이 생각났다. 늘 마음의 문을 닫고 사는 나를 하늘바라기처럼 지켜보아야 했던 어머니, 그 어머니의 마지막 말이 너무나 무거워 이젠 양어깨에 걸머질 수도 없다.

'당신은 왜 한 번도 어머니께 마음을 열지 않았죠? 당신은 늘 어머니 가슴에 비수를 꽂았다는 사실을 왜 모르죠? 조금만 어머니와 가까워 질 수는 없었나요?'

내 뒤통수에다 퍼부어대는 아내의 잔소리를 듣는 날엔 미쳐 버릴 것만 같았다. 사실 어머니를 그토록 차갑게 대했던 것은 아버지 때문이었다. 나를 친아들로 여기고 싶어 했던 아버지의 모습이 뇌리에서 지워지지 않았던 탓이었다. 아버지는 어머니가 서울로 올라오자, 아예 가마터 뒤쪽에다 움막을 짓고 살았다. 짚을 엮어 지붕을 만들고 가마니를 걸어 문을 만든 허름한 움막이었다. 하루 종일 흙 치고, 물레를 돌려가며 가마에 불을 지폈다. 어쩌다가 내가 고향에 내려가도 아버지는 더 이상 나에게 가마 일을 가르치지 않았다. 아버지의 얼굴은 온통 희끗희끗하게 바란 털로 뒤덮여있어서 마치 산짐승 같았다. 푸석푸석한 머리엔 감빛 물을 들인 띠를 두르고 있었는데, 먼 고려시대나 조선시대의 도공이 되어 있는 듯했다. 그러나 아버지의 두 눈은 너무도 초롱초롱했다. 이상한 힘이 느껴지는 눈빛이었다. 금방이라도 아버지의 눈 속으로 빨려 들어갈 것 같아 오히려 내가 시선을 떨어뜨렸다.

플랫폼을 빠져 나와 지하상가로 들어선 나는 출구를 찾을 수가 없었다. 웬일인지 눈이 침침해지면서 눈앞의 모든 사물이 구별되지 않았다. 손수건을 꺼내 눈을 닦아냈다. 그러나 여전히 지하상가의 모든 물건들이 흑과 백으로만 보였다. 나중에는 지나가는 사람들까지도 모두 뿌옇게 보였다. 몸이 너무 피곤한 탓에 사물이 제대로 보이지 않는 일시적인 현상으로 생각되었다.

도저히 출구를 찾을 수가 없었다. 이곳이 초행길이 아님에도 불구하고 전혀 낯선 곳처럼 느껴졌다. 나는 할 수 없이 사람들이 몰려가고 있는 쪽으로 걸어갔다. 어디선가에서 후텁지근한 바람이 불어왔다. 그 바람 때문인지 숨이 찼다. 나는 서둘러 넥타이를 느슨하게 풀었다. 그 순간이었다. 내 앞에 걸어가던 남자가 넘어졌다. 그 바람에 나도 앞으로 꼬꾸라지고 말았다. 그런데도 사람들은 아무런 관심도 없다는 듯 넘어진 나를 그냥 밟고 지나치는 게 아닌가. 더욱 이상한 일은 사람들이 내 다리를 밟고 지나가는데도 전혀 아픔을 느낄 수가 없었다. 그러자 한 남자가 나에게로 걸어오더니 나를 부축했다. 나는 고맙다는 말을 하려고 그 남자의 얼굴을 쳐다보았다. 그러자 그 남자의 얼굴에서 텅 빈 청수동이를 들여다 본 것 같은 서늘한 냉기가 느껴졌다. 머리끝이 쭈뼛해지면서 온몸에 소름이 쫙 돋았다. 나는 사람들을 헤치고 반대쪽으로 휘달려갔다. 얼마를 그렇게 정신없이 달렸다. 숨이 차서 더 이상 달릴 수가 없어 벽에 몸을 기대고 섰다. 숨을 헐떡거리며 주위를 살폈다. 그런데 바로 앞에 출구가 희미하게 보였다.

서둘러 출구 쪽으로 뛰어갔다. 내가 겨우 지하도를 빠져 나왔을 땐, 온몸이 흥건하게 젖어 있었다. 시원한 바람이 얼굴 위로 싸하고 불어왔다. 그러자 침침했던 눈이 밝아지고, 멍멍했던 귀가 확 텄다. 나는 지나가는 사람들의 얼굴을 유심히 쳐다보았다. 모든 게 정상으로 보였다. 더 이상 솔가지 타는 냄새도 나지 않았다. 그러나 아내의 작업실로 가는 길이 아니었다. 출구를 잘못 빠져나왔던 것이다. 비는 그쳤지만 보도블록 위에 물이 군데군데 고여 있었다. 서울역에서 샀던 비닐우산은 내 손엔 들려 있지 않았다. 아니 서울역사에서 비닐우산을 샀던 것도 같았고, 사지 않았던 것도 같았다. 나는 터벅터벅 사람들 속으로 걸어 들어갔다. 모든 것들이 정상으로 보인다는 게 얼마나 다행스러운가를 생각하면서 말이다. 아내의 작업실로 가려면 또다시 지하도로 들어가야 했다. 그러나 그러고 싶지가 않았다. 그곳에 들어가면 다시는 지하도를 빠져 나올 수 없을 것만 같았다.

핸드폰을 꺼내려고 재킷 주머니를 뒤졌다. 그러나 핸드폰이 없었다. 지하도를 빠져 나오다 잃어버린 모양이었다. 멀리 빌딩 입구에 공중전화 부스가 보였다. 공중전화 부스로 다가간 나는 동전을 넣고 간신히 아내의 핸드폰 번호를 눌렀다. 수화기를 들고 있는 손이 부들부들 떨렸다. 도저히 혼자서 집으로 갈 수가 없을 정도로 힘이 없었다. 몹시 배가 고팠다.

"여보세요?"

아내의 목소리가 들려왔다. 어찌나 아내의 목소리가 반가웠던지 어린 아이처럼 울먹이며 대충 내가 있는 곳을 설명했다.

"혹시 오늘 저녁 약속을 잊은 것은 아니겠죠? 조금 전에 시골 당숙 아저씨가 전화를 했는데, 아버님 유골이 어디에 있는지 생각났대요. 당신과 통화가 되지 않는다며 저에게 했어요.”

아내의 말을 듣는 순간 정신이 번쩍 들었다.

“놀라지 말아요. 사실 아버님은 당숙 아저씨 집에 있는 그 청수동이라는 군요. 생전에 아버님이 자신이 죽으면 화장을 해서 그 가루를 흙과 섞어 청수동이를 빚어 달라고 유언을 하셨대요.”

아내의 말이 끝나기도 전에 나는 자리에 털썩 주저앉았다. 어떻게 그런 일이 있을 수 있단 말인가. 당숙 아저씨 집에 있는 그 청수동이는 분명 내 어렸을 때 보았던 청수동이와 너무도 흡사했다. 그게 사실이라면 어머니는 왜 한마디로 하지 않고 눈을 감았단 말인가. 몹시 가슴이 쓰라렸다. 몇 시간 전까지만 해도 들여다보았던 그 청수동이가 아버지였다니……. 어찌 짐작이나 했겠는가.

공중전화 부스에서 나온 나는 이마에 맺힌 땀을 손등으로 닦아냈다. 그리고 손바닥에 얼굴을 묻었다. 손에서 가마터의 흙냄새가 나는 것 같았다.

‘아버지는 청수동이가 된 당신의 영혼을 내 손으로 거두게 될 날이 올 것을 미리 알고 있었던 것은 아니었을까.’

고개를 들어 하늘을 올려다보았다. 어느새 구름이 걷히고 별이 하나둘씩 떠올랐다. 나는 얼이 나간 채 보도 블록 위에 마냥 앉아 있었다.

도깨비바늘

도깨비바늘

오전 10시를 넘고 있었다. 그런데도 잠을 털어 내지 못하고 침대에 누워 있었다. 누워 있다기보다는 몸을 뒤척이고 있었다는 것이 옳을 것이다. 반쯤 감긴 눈으로 방안을 살폈다. 언젠가부터 생긴 버릇이었다. 책상 위에 반듯하게 꽂혀 있는 책과 컴퓨터, 시계, 그리고 전화, 스탠드, 액자 모두가 어제와 다름없이 얌전히 자기 자리를 지키고 있었다. 내가 잠든 사이 누군가가 들어왔다는 흔적을 발견할 수 없었다. 그 때서야 긴 한숨이 품어져 나왔다.

쏟아지는 햇살 때문에 눈앞이 뿌옇게 보였다. 어찌나 꿈을 요란하게 꾸었던지 침대 시트가 방바닥까지 밀려나 있었다. 침대에서 일어나 창문 앞으로 다가갔다. 조심스럽게 블라인드를 잡아당기려다 그만두었다. 아차, 싶었다. 지금쯤이면 머리가 희끗희끗한 김 형사가 어슬렁거리고 나타날 시간이었다. 손가락으로 블라인드를 살짝 벌려 밖의 동정을 살폈다. 아뜩하니 구멍가게가 눈에 들어왔다. 코카콜라 로고가 찍힌 붉은 파라솔이 바람에 펄럭이고 있었다. 밖은 너무도 조용했다. 김 형사의 차는 어디에도 보이지 않았다. 웬일인지 모를 일이었다. 김 형사는 먹이를 찾아 배회하는 표범처럼 304호 그녀가 죽은 이후로 하루도 빠짐

없이 내 주위를 서성거렸다. 지금이 바로 그가 나타날 시간인 것이었다. 손으로 얼굴을 쓰다듬었다. 까칠한 수염이 손가락사이로 비집고 나왔다. 면도를 하지 않은 게 일주일은 되었을 성 싶다.

아, 우라질 면도가 문제가 아니었다. 도무지 출구가 보이지 않았다. 아무리 궁리를 짜도 묘책이 떠오르지 않았다. 묘책? 애당초 무슨 묘책이란 말인가. 내가 그녀를 죽이지 않았으면 그만이지 않는가. 하필 내가 용의자로 몰렸단 말인가. 그깟 도깨비바늘 때문에 청춘이 구만리인 내 인생을 시궁창속으로 처박을 수는 없지 않는가.

어쩌면 김 형사는 도깨비바늘의 정체를 알고 있는지도 모른다. 그게 사실이라면 김 형사는 개 코를 가진 게 분명했다. 도깨비바늘은 도청기 이름이다. 일반 도청기에 몇 가지 보완 장치를 보충했는데, 김 형사가 바로 그 냄새를 맡은 모양이었다. 물론 김 형사는 도청기의 이름이 도깨비바늘이라는 사실을 전혀 모르고 있을 것이다. 그러나 무엇보다 기분이 더럽고, 불안한 것은 내가 304호 살인 사건의 용의자로 몰렸다는 것이다. 더군다나 사건이 어떻게 풀리고 있는지 전혀 정보를 들을 수가 없었던 터라 숨이 막힐 지경이다.

304호 그녀가 살해당하던 날이었다. 나는 그녀의 방에서 나오다가 한 남자와 정면으로 마주치고 말았다. 모자를 깊게 눌러 쓰고 있어서 그가 누구였는지 정확히 알 수가 없었다. 그러나 그의 뒷모습은 어디서 본 듯했다. 약간 휘어진 다리와 구부정한 어깨 위로 휘감아 도는 담배 연기가 분명 낯설지 않았다. 그렇다면 정말 큰일이었다. 혹 그 자가 나를 알아보기라도 한다면 꼼짝없이 살인 누명을 쓸 것이다.

그녀가 죽던 날 밤이었다. 나는 그녀의 누드화와 도청장치 그리고 까미유 끌로델의 초상화를 감쪽같이 치웠다. 그런데 다음 날 경찰서로 불려가 취조를 당했다. 조사를 받는 동안 나는 결코 304호 그녀를 죽이지 않았으며, 단지 신음 소리가 나서 룸으로 갔을 뿐이라고 말했다. 오히려 나를 찔러 박은 그 자가 의심스럽지 않느냐고 김 형사에게 되물었다. 그런데도 김 형사는 마치 내가 사건을 은폐하려고 말을 둘러대고 있다는 듯 한심스러운 눈빛으로 쳐다보았다. 무엇 때문에 그 시간에 그녀의 룸에 갔었느냐는 김 형사의 말도 일리가 있었다. 그가 보기에는 그날 내가 304호를 다녀왔다는 이유만으로 얼마든지 살인 용의자로 볼 수 있는 일이었다.

그나마 다행스러운 것은 증거물이 없어서 하루 만에 구치소에서 풀려났다. 그렇다고 모든 의심이 풀린 것은 아니었다. 진범이 체포되지 않는 이상 용의자라는 더러운 혐의를 벗을 수는 없었다. 그 뒤로 김 형사는 치밀하게 내 뒷조사를 캤다. 어이없는 일이었다. 숨 막히는 술래잡기가 시작된 것이었다.

나는 대학로에서 연필 초상화를 그리는 일과 야간 업소에서 서빙을 하던 일을 그만 두었다. 오로지 룸에 쿡 처박혀 지냈다. 정말 죽을 맛이었다. 어젯밤에는 이 생각 저 생각에 시달리다가 새벽녘에서야 겨우 잠이 들었다. 그런데 아주 잠깐 사이에 선명한 꿈을 꾸었다. 커다란 해바라기가 피어 있는 숲이었다. 해바라기는 벌레처럼 살아 꿈틀거렸다. 숲 한가운데 서 있었는데 도저히 길을 찾을 수가 없었다. 겨우 길을 발견하고 숲을 헤쳐 나오다가 그만 돌부리에 걸려 도깨비바늘 덤불 속으로 나뒹굴고 말았다. 순간, 관모(冠毛)를 세운 도깨비바늘이 화살처럼 날아들었다. 소스라치게 놀란 나는 비명을 지르며 잠에서 깨어났다.

꿈속에서 보았던 해바라기와 도깨비바늘을 떠올렸다. 불길한 느낌이 들었다. 어쩌면 일이 비비꼬여 살인의 누명을 쓰고 어둠 속에 갇혀 버릴 지도 모를 일이었다.

가슴이 몹시 답답했다. 화구를 챙겨 들고 대학로에라도 나가고 싶었다. 옷장에서 재킷을 꺼내 입었다. 그러나 곧 마음이 바뀌어 걸쳐 입었던 옷을 벗어버렸다. 설령 김 형사를 피해 밖으로 나간다고 하더라도 김 형사의 끄나풀에게 감시당할지도 몰랐다.

그 때였다. 창가에 있던 벤자민이 눈에 들어왔다. 이파리가 누렇게 말라가고 있었다. 블라인드 틈새로 들어온 햇살이 누런 이파리 위에 뚝 뚝 떨어졌다. 떨리는 손으로 벤자민을 창 모서리 쪽으로 끌어당겼다. 그리고는 화장실로 들어가 분무기를 가져왔다. 화분에 물을 주기 위해서였다. 며칠 전부터 벤자민이 시들시들 죽어갔다. 이 지경에 화초 따위가 죽어 간다고 호들갑을 떨 처지가 아님을 누구보다 잘 아는 터였다. 하지만 당분간은 벤자민을 살려야 했다. 물은 고사하고 햇볕 한 번 제대로 쐬지 않았던 겨울 동안에도 잘 자라던 벤자민이 아니던가. 그런데 304호 그녀가 죽던 날부터 서서히 시들기 시작했다. 물론 나는 그 이유를 알고 있었다. 알을 품듯 벤자민은 도깨비바늘을 품고 있었던 것이다. 신문지 위에 화분의 흙을 쏟은 뒤, 그 속에 도청기를 묻고 다시 벤자민을 심었다. 그 사실은 나 이외엔 아무도 모르는 일이었다. 왜, 나는 그 도깨비바늘을 버리지 못하는 것일까? 아직도 그 이유를 알 수가 없다.

304호 그녀가 죽던 날 밤, 나는 모처럼 후배들을 만나 늦도록 술을
퍼 마시고 들어왔다. 그리고는 옷을 입은 채 쓰러져 잠이 들었다. 보통
때처럼 도청기 스위치를 열어 두지도 않았다.

아마 새벽 2시쯤이었을 것이다. 목이 너무 말라 잠에서 깬 시간
이……. 나는 냉장고에 있던 물을 단숨에 들이켰다. 그리고 화장실을
가려고 하는데, 뚫린 벽 틈으로 그녀의 신음 소리가 들려왔다. 처음에
는 환청이라고 생각했다. 몹시 어지러워서 몸이 제 멋대로 움직였다.
뚫린 벽 틈으로 눈을 바짝 들이댔다. 아무 것도 보이지가 않았다. 그래
서 귀를 구멍으로 가까이 댔다. 그러자 304호 그녀의 신음 소리가 간
헐적으로 들려왔다. 곧장 그녀의 방으로 달려 간 것은 아무리 생각해도
겁 없는 행동이었다. 304호 문이 반쯤 열려 있었다. 안에서 304호 그
녀가 몹시 아파하는 신음 소리가 흘러 나왔다. 그녀가 남자들과 종종
폰섹스를 하면서 냈던 괴성과는 너무도 달랐다. 가슴이 쿵쿵 뛰었다.
안으로 들어서자, 카펫 위에 쓰러져 있는 그녀가 보였다. 그녀는 전라
의 몸이었다. 그녀를 일으켜 세우자, 머리에서 붉은 피가 주르르 흘러
내렸다. 순간 겁이 덜컥 났다. 잘못했다가는 누명을 쓸 판이었다. 나는
조심스럽게 그녀를 내려놓았다. 그리고는 몇 달 전에 내가 그녀의 방에
들어가 몰래 설치했던 도청기를 모두 걷어 주머니에 쑤셔 넣고, 조심스
럽게 손잡이 지문까지 닦아 냈다. 슬그머니 304호를 빠져나와 내 룸으
로 돌아오려고 하는 순간이었다. 모자를 푹 눌러쓴 남자와 부딪히고 말
았다. 빌어먹을, 정말 큰일이었다. 하필 그 시간에 사람이 지나갈 게

뭐란 말인가. 아무리 생각해도 재수가 옴 붙은 날이었다.

조사가 시작되면서 김 형사가 몇 번 내 방에 들어왔었다. 그러나 사건의 증거가 될 만한 그 어떤 것도 찾지 못했다. 김 형사는 노련하게 코를 벌름거렸다. 한참을 서성거리던 그는 무슨 냄새라도 맡은 모양인지 고개를 갸웃거렸다. 304호 그녀의 방에 설치된 도청기를 '도깨비바늘'이라고 한 것은 아주 오래 전에 어머니의 치맛자락에 매달려 있던 도깨비바늘이 생각나서 그렇게 이름을 붙였다.

오랫동안 나는 어머니와 도깨비바늘을 잊고 살았다. 그러나 어느 날부터인가, 관모를 바짝 세운 도깨비바늘이 내 살갗 속으로 파고들고 있다는 사실을 깨달았다. 정확히 말하면, 그녀를 만난 날부터였을 것이다.

내가 그녀를 처음 본 곳은 대학로였다. 그 날도 나는 여느 날과 다름없이 대학로에서 연필 초상화를 그렸다. 비가 오거나 몹시 바람 부는 날을 제외하고는 초상화를 그렸다. 등록비 마련이 어려워 대학을 휴학한 후, 선배가 하는 화실에서 미대 지망생을 가르쳤으나 적성에 맞지가 않았다. 그래서 낮에는 대학로에서 연필 초상화를 그리고, 밤에는 유흥업소에 나가서 서빙을 했다. 모자라는 학비를 마련하자면 어쩔 수가 없었다. 지금까지 전자 대리점을 하는 누나의 도움으로 학교를 다닐 수 있었다. 그런데 경제 침체로 누나의 전자 대리점도 자금 압박을 받았다. 누나는 매형의 눈치를 보며 내게 학비를 대주고 있었던 것이다. 고심 끝에 휴학을 결정하고 말았다. 더 이상 누나에게 손을 벌릴 수가 없었다.

304호 그녀를 만났던 그날, 나는 다섯 명이나 되는 얼굴을 연거푸 그린 다음에 겨우 담배를 한 대 빼물었다. 며칠 째, 퍼마신 술 때문에 속이 쓰리고 눈앞이 어지러웠다. 나무 사이로 그림자가 길게 드리운 걸 확인 한 후에야 점심까지 걸렀다는 사실을 깨달았다. 그만 짐을 정리해야겠다는 생각이 들었다. 연필통을 열어 보았다. 다듬어진 연필이 하나도 없었다. 화구를 챙기다 말고 부러진 연필부터 깎기 시작했다. 습관적인 행동이었다. 나는 연필통이 말끔히 정리되어야만 짐을 싸는 버릇이 있었다.

그 때였다. 핑크색 티에 흰 치마를 입은 여자가 다가와 의자에 털썩 주저앉더니 빨리 초상화 한 장을 그려 달라고 했다. 나는 그녀처럼 재촉하는 사람들을 싫어했다. 그런 사람들은 대부분 완성된 초상화를 보고도 마음에 들지 않아 하기 때문이었다.

다음에 와서 그리는 게 어떻겠어요. 시간도 늦었고…….

나는 짜증스럽게 말했다. 그런데도 여자는 아무 말이 없었다. 눈썹조차 깜박이지 않고 나를 쳐다볼 뿐이었다. 나는 한 숨을 푹 쉬었다. 어쩔 수 없는 노릇이었다. 배에선 꼬르륵 소리가 났다. 할 수없이 4B연필을 꺼내 그녀를 그리기 시작했다. 켄트지에 중심선을 표시한 다음 그녀의 얼굴선을 그려나갔다. 그녀의 얼굴선은 유난히 둥글고 부드러웠다. 두 미간 사이에는 작은 점이 있었는데, 너무도 뚜렷해서 그리지 않는다면 그녀의 이미지가 나오지 않을 것 같았다.

아가씨의 얼굴에 있는 점을 그릴까요?

그런데도 그녀는 여전히 말이 없었다. 알아서 하라는 눈빛이었다. 내가 그녀의 얼굴 윤곽을 잡는 동안, 마치 그녀는 딴 생각에 빠져있는 사람처럼 보였다. 이번에는 2B연필을 꺼내 그녀의 긴 머리카락을 그렸다. 그런데 그녀의 머리카락에 뭔가가 매달려 있었다. 나는 그녀에게 다가가 그것을 떼 냈다. 그런데 그것은 다름 아닌 도깨비바늘이었다.

아니 이곳에도 이런 식물이 있나요?

나는 너무나 놀란 나머지 바닥에 떨어진 도깨비바늘을 주워들었다.

저쪽 건물 뒤편에 숲이 있는데, 그곳에 가면 이런 게 많아요. 숲에만 가면 왜 이런 게 달라붙는지 모르겠어요.

관모가 있어서 그래요. 감쪽같이 짐승들의 털이나 사람의 옷에 달라붙어 씨앗을 멀리까지 퍼뜨리는 식물이지요.

그러자 그녀는 도깨비바늘에 많은 관심을 보였다. 그래서 나는 내가 어릴 때 자란 곳엔 그런 식물이 많았다고 얄팍한 지식을 떠들어댔다.

도깨비바늘은 한여름에 꽃이 피었다가 가을에 열매를 맺으며, 척박한 땅에서도 잘 자라는 식물이다. 순간, 나는 고향 이야기를 하다가 어머니를 떠올렸다. 어머니의 치맛단에 매달려 있던 그 놈의 도깨비바늘이 뇌리를 스치고 지나갔던 것이다. 다시는 어머니를 생각하지 않겠다고 얼마나 다짐했던가. 나는 이내 머리를 흔들며 어머니에 대한 생각을 뇌속 깊숙이 구겨 넣었다. 그러고 보니 서울로 이사를 온 후, 도깨비바늘을 전혀 본 적이 없었다. 도깨비바늘이 싹을 틔울 황무지가 없었던 탓일 수도 있었다. 나는 그녀에게 도깨비바늘이 있는 숲의 위치를 알려달라고 했다. 그러자 그녀는 초상화를 그린 후, 함께 가자고 말했다.

예상했던 대로 그녀는 완성된 초상화를 보고 시큰둥한 표정을 지었다. 남자 친구에게 선물을 하려고 했는데 안 되겠다는 거였다. 내가 보기엔 그런 대로 잘 된 그림이었다. 그녀는 켄트지를 둘둘 말아 쥐더니 숲으로 가자고 했다. 그녀를 따라 숲으로 갔을 땐, 이미 땅거미가 짙게 내려앉고 있었다. 그런데 그곳에 정말로 도깨비바늘이 있었다. 건물 뒤로 작은 공터가 있었는데, 그곳엔 강아지풀, 패랭이, 엉겅퀴, 그리고 도깨비바늘이 제멋대로 자라고 있었다. 나는 그녀를 뒤로하고 숲으로 들어갔다. 어디선가 사람의 신음 소리가 들려 왔다. 조심스럽게 나뭇가지를 접어 소리가 나는 쪽을 보았다. 어렴풋하게 사람의 모습이 보였다. 숲을 깔아뭉개고 있었다. 웬일인지 기분이 씁쓸했다. 그 순간 희미한 기억이 섬광처럼 빛을 냈다. 어머니와 외딴집 남자가 도깨비바늘 숲으로 걸어가던 뒷모습이 보였다. 한동안 숲에 서서 흔들리는 풀들의 몸부림을 지켜보았다. 내가 숲에서 나왔을 때, 아쉽게도 그녀는 이미 가고 없었다.

또다시 창가로 다가가 밖을 내려다보았다. 여전히 김 형사의 그림자는 어디에도 없었다. 그가 보이지 않으니까 오히려 마음이 더 불안해졌다. 수사가 어떻게 진행되어 가고 있는지 여간 궁금하지 않았다. 속이 쓰라렸다. 며칠 째, 밥을 먹지 않고 대충 인스턴트식품을 먹은 탓이었다. 주방으로 가 냉장고 문을 열어 보았다. 먹을 것이라곤 날짜 지난 우유와 시어 터진 김치뿐이었다. 슈퍼에 들러 라면이라도 사 와야겠다는 생각이 들었다. 재킷을 걸친 나는 조심스럽게 출입문을 열었다. 304호 그녀가 없다는 사실만으로도 복도는 너무도 썰렁했다. 그녀의 죽음으로 인해 용의자라는 의심을 받고 있지만, 나는 그녀의 명복을 빌고 싶었다.

그 때였다. 303호 문이 열렸다. 모자를 푹 눌러쓴 남자가 조심스럽게 주위를 살피더니 슬그머니 안에서 나왔다. 나를 보자 그는 놀라는 척하더니 옷깃을 세웠다. 그는 커다란 가방을 왼쪽 어깨에 메고 있었는데, 무엇에 쫓기듯 쉴 새 없이 주위를 두리번거렸다. 서둘러 계단을 내려가는 그의 뒷모습에서 싸늘한 냉기가 느껴졌다.

그제야 나는 그가 얼마 전에 303호로 이사 온 사람이라는 것은 깨달았다. 어리석게도 나는 그 자를 몰라보았다. 그가 303호 룸으로 이사오던 날이 생각났다. 그날, 그가 온갖 잡동사니를 집안으로 끌어들이는 바람에 집주인과 실랑이를 벌이고 있었다. 집주인이 고물들을 집안으로 들여놓지 못하게 하자, 그는 버럭 화를 냈다. 나는 외출하려고 나가다 그 장면을 보았는데, 할 수없이 내가 나서서 집주인을 설득했다. 룸 식구들의 피해가 없는 한 괜찮지 않느냐고 거들었다. 얼마를 집주인과 실랑이를 벌인 끝에 겨우 허락을 받아 냈는데, 그는 가볍게 눈인사를 할 뿐 더 이상의 고맙다는 표현을 하지 않았다. 꼭 무슨 대가를 바라고거든 행동은 아니었는데도 몹시 서운했다. 내가 괜한 일에 나섰는가 싶을 정도였다. 그의 잡동사니 살림은 정말 특이했다. 낡은 전축과 오래된 라디오 그리고 전화기를 비롯해 유행이 지났거나 분해 된 전기 제품들 뿐이었다. 나중에서야 그가 발명가라는 사실을 집주인에게서 들어 알았지만, 처음엔 골동품 수집광이 아닌가했다. 그 뒤로는 그와 부딪히는 일이 없어서 까마득하게 잊고 지냈다. 서둘러 그의 뒤를 뒤쫓아 계단을 내려갔다. 그는 벌써 자동차 시동을 걸고 있었다. 그리고 어디론가 급하게 내달리기 시작했다.

내가 그녀를 두 번째 만난 곳은 바로 이곳 원룸이었다. 원룸은 지하철 2호선을 인접하고 있고, 대학로가 가까운 탓에 늘 사람들이 들고 나갔다. 그런데 이상하게도 304호는 오래도록 비어 있었다. 그러던 어느 날, 야간 업소 일을 마치고 원룸으로 들어오려는데 304호에 불이 켜져 있었다. 그때까지만 해도 나는 그냥 누군가가 이사를 왔으려니 했다.

내 룸은 그녀의 바로 옆 305호였다. 베란다로 나온 나는 304호를 힐끔거리며 내부를 훔쳐보았다. 베란다가 오픈 되어 있어서 얼마든지 옆방을 넘겨다 볼 수가 있었다. 처음엔 누가 이사 왔는가 하고 호기심에서 304호를 훔쳐보았다. 집안은 이미 깔끔하게 정돈되어 있었다.

그때, 전화벨이 울렸다. 욕실이 열리면서 샤워를 막 끝낸 그녀가 큰 타월로 상체를 가리고 전화기 쪽으로 다가왔다. 전화를 받으면서 그녀는 어깨를 들썩이며 웃었다. 그녀가 촉촉한 머리를 끌어 넘기자, 타월이 바닥으로 떨어지고 말았다. 그녀는 실오라기 하나 걸치지 않고도 자연스럽게 행동했다. 타월로 상체를 가렸을 때만 해도 그녀의 몸매가 그렇게 자극적인지 전혀 몰랐다. 학기 중에 몇 번 누드를 그려보았다. 그런데 모델들이 하나같이 공통분모를 갖고 있었다. 앙상한 팔과 다리 그리고 빈약한 가슴, 나는 그런 모델을 쳐다볼 때마다 약수동 산동네에서 눈을 감았던 어머니의 모습이 떠오르곤 했다. 그때 어머니는 앙상한 뼈마디마저 몹시 무겁다면서 힘겹게 눈을 감았다. 정말 남은 거라고는 뼈가죽뿐이었다. 죽음을 그토록 참혹하게 맞이한 어머니의 모습이 내내 뇌리에서 지워지지 않았다. 그랬던 탓에 나는 비썩 마른 여자들을 별로 좋아하지 않았으며, 누드화에 별 관심이 없었다. 그러나 304호 그녀의 몸매는 너무도 달랐다. 누드 드로잉을 하고 싶을 정도로 유연하고 풍만

했다. 그녀는 전화를 받는 동안에도 가볍게 몸짓을 해 보였다. 너무 과장인 표현일 수도 있지만, 나는 한동안 무엇에 홀린 것처럼 꼼짝도 못하고 서 있었다. 약간 핑크빛이 도는 젖가슴은 그녀가 움직일 때마다 살아 꿈틀거렸다. 나의 시선은 그녀의 은밀한 부분까지 하나도 빠짐없이 놓치지 않고 흡입하고 있었다. 그녀의 음모는 어느 마술사의 까만 망토처럼 검은빛이었다. 검은 망토를 열면 그 속에서 온갖 진귀한 보물이 쏟아져 나올 것만 같은 착각을 불러 일으켰다. 하필 그 순간에 마술사의 망토가 생각났는지 모를 일이었다. 정신이 어떻게 된 게 아닌가 하고 머리를 흔들었다.

얼마 후였다. 그녀는 베란다 창문이 신경 쓰였는지 커튼을 치려고 몸을 일으켰다. 순간, 나는 그녀의 얼굴을 정면으로 보았다. 그녀는 도깨비바늘이었다. 몇 주 전에 초상화를 그렸던 그녀가 분명했다. 나는 한 번이라도 그렸던 사람은 잘 기억해 냈다. 설령 전혀 다른 공간에서 만났더라도 말이다.

초상화를 그릴 때마다 모델의 독특한 특징을 찾아내서 그림을 그린 탓이었다. 이를테면 눈, 코, 입의 형태뿐만 아니라, 빛이 드는 각도에 따라 달라지는 섬세한 표정까지도 잡아냈다. 무엇보다도 역광(逆光)이 드는 차이에 따라 사람들의 얼굴이 달라져 보이는데, 같은 모델이라 하더라도 매번 같은 얼굴을 그릴 수 없었던 것은 그 빛 때문이었다. 그녀의 얼굴을 그렸던 시간은 어둠이 내려앉기 시작할 무렵이라서 사라지는 역광을 표현하자니 무척 힘이 들었다. 그래서 입과 눈, 코를 기준으로 기울기를 재서 적당히 역광 처리를 했던 것이다. 생각처럼 그림이 잘 되지 않았다. 그렇다고 엉망이지도 않았다. 뭐랄까 전체적으로 엷은 역광을 표현해 오히려 그녀의 이미지가 신비롭게 느껴졌다. 그림을 받아 든 그녀는 한참을 들여다보더니 자신의 얼굴을 닮지 않았다고 했다. 그녀의 목소리는 매우 독특했다. 말이 끝날 때마다 메아리처럼 울림이 살짝 퍼지면서 공명을 일으켰다.

그녀가 커튼을 치자, 룸안으로 들어왔다. 나는 한동안 얼이 빠져 있었다. 가슴이 쉴 새 없이 뛰었다. 내 룸에는 화가 로댕의 애인이었던 까미유 끌로델의 초상화가 걸려 있었다. 얼마 전에 화방에서 사 왔으나, 시선을 끄는 그림은 아니었다. 내게는 아무런 의미도 없는 그저 썰렁한 분위기를 채워 주는 정도로 벽에 걸어 둔 초상화였다. 그런데 막 샤워를 끝낸 304호 그녀와 까미유 끌로델의 초상화가 합성을 일으켰다. 유선형으로 휘적거리던 시선이 어느 새 까미유 끌로델의 젖가슴에 머물렀다. 그러자 아래의 성기가 불끈 솟아올랐다. 가슴이 쿵쿵 뛰고 아래 허벅지에서부터 서서히 전율이 뻗어 오는 느낌까지 들었다. 나는 숨을 헐떡거렸다. 순간, 베란다를 뛰어넘어 그녀를 바닥에 쓰러뜨리고 싶은 충동이 일어났다.

벌떡 일어나 베란다로 통하는 문을 걸어 잠갔다. 그 문을 잠그지 않는다면 정말로 그녀를 쓰러뜨릴지도 모르기 때문이었다. 내게도 그런 원시적이고 충동적인 면이 있었는지 모를 일이었다.

초등학교 5학년 때였던 것 같다. 나는 어머니의 옷에 붙어 있던 도깨비바늘을 볼 때마다 성기를 만지작거렸다. 가끔은 밤마다 소리 없이 집을 나가는 어머니의 뒤를 밟았다. 그리고 나면 그런 증상이 심해졌다. 그런데 어른 엄지손가락 만하게 자란 성기가 어느 날부턴가 더 이상 솟대처럼 하늘을 향해 기지개를 켜지 않았다. 성기도 자라지 않는 것 같았다. 사춘기가 지나 대학을 갔어도 여전히 성기는 일어설 줄 몰랐다. 그 때문에 간혹 노골적으로 접근해 오는 여자가 있어도 가까이 하지 못했다. 목욕탕에 가는 일도 없었다. 더 이상 자라지 않는 것 같은 성기를 사람들 앞에 내 보일 수가 없었다.

아주 오랜만에, 그것도 불끈 솟은 성기가 좀처럼 가라앉지 않았다. 할 수없이 나는 목욕탕으로 들어가 수도꼭지를 틀어 성기를 씻고 자위를 했다. 그러면서도 손가락으로 성기의 길이를 쟀다. 역시 내 기대에 못 미치는 크기였다. 샤워를 하고 침대에 누웠지만, 304호 그녀가 계속해서 눈앞에 어른거렸다. 침대에서 일어난 나는 책상 서랍에 있던 싸구려 양주를 꺼내 몇 모금 마셨다. 그러자 마음이 차분해지면서 욕정도 가라앉았다.

그때였다. 전화벨이 울렸다. 같은 학과의 후배였다. 동아리 전시회 문제로 의논을 해 왔다. 나는 내일 만나서 의논하자고 퉁명스럽게 대꾸했다. 전화의 혼선이 빚어졌던 것은 그 순간이었다. 오히려 후배의 목소리보다 갑자기 끼어 든 여자의 목소리가 더 잘 들렸다. 전화 속의 여자는 까르륵거리며 누군가와 잡담을 나누고 있었다. 문득 304호 그녀가 떠올랐다. 분명 말이 끝날 때마다 공명을 일으켰던 304호 여자가 틀림없었다.

오늘 대학로 근처에 있는 원룸으로 이사했어. 좁지만 그런 대로 자유로워. 언제 만나서 밤새 춤이나 추자.

그녀의 이야기는 시시껄렁했다. 그러나 핑크빛이 돌던 유두와 마술사의 검은 망토 빛 같았던 음모가 눈앞에서 어른거렸다. 어느 새 내 손가락은 불끈 솟아오른 성기를 움켜쥐고 있었다. 나는 전화기에서 흘러나오는 그녀의 목소리를 들으며 또 한 번 수음을 했다.

그날 밤, 나는 어머니 꿈을 꾸었다. 앙상하게 마른 뼈가 무겁다며 숨을 헐떡거리던 어머니의 모습이 아니었다. 어머니는 검은 비로드 치마를 입고 있었다. 젊었을 때 어머니가 입었던 옷이었다. 어머니는 황톳길을 한동안 걸어가더니 도깨비바늘이 무성한 숲으로 들어갔다. 나는 계속해서 어머니 뒤를 밟았다. 숲을 헤쳐 가는데 도깨비바늘이 옷에 달라붙어 살갗이 따가웠다. 그러다가 헛발질을 했는데 그만 웅덩이에 미끄러지고 말았다. 내 비명 소리에 놀란 어머니가 돌아서서 나를 노려보았다. 그런데 어머니의 얼굴이 아니었다. 304호 그녀였다. 나는 소스라치게 놀라 꿈에서 깨었다.

그녀의 얼굴을 통해 젊은 날의 내 어머니를 떠올렸다는 게 너무나 충격적이었다. 가슴이 답답했다. 문을 열고 베란다로 나가 담배 연기를 깊게 들이켜도 가슴은 여전히 꽉 막혀 있었다. 언제쯤 어머니의 그늘에서 벗어날 수 있을지……. 별이 없는 텅 빈 밤하늘을 올려다보았다.

누나와 내가 조금도 닮지 않았다는 사실은 집안 행사가 있을 때마다 늘 화제거리였다. 행사라야 봤자, 집안 제사가 전부였지만 말이다. 혈액검사에서 나는 RH-B형이라고 나왔다. 집안 혈통을 따져 보아도 도저히 나올 수 없는 혈액형이었다. 빌어먹을 외딴집, 그러니까 내가 고등학교 3학년 때였다. 그 외딴집 남자와 나의 혈액형이 RH-B형이란 사실은 알았다. 외딴집 남자의 맹장이 터지는 일이 벌어졌다. 당장 수술을 해야 했는데, 피가 모자랐다. 작은 마을이라서 그런 피를 가진 사람이 없었다. 외딴집 남자와 같은 혈액을 찾는다고 마을이 홀렁 뒤집혔다. 그런데 그 많은 사람들 중에서 오직 한 사람, 내가 외딴집 그 남자와 혈액형이 같았다. 결국 내가 병원으로 가서 수혈을 해주었다. 외딴집 남자와 나의 혈액형이 같다는 것은 우연의 일치라고 말할 수도 있었을 것이다. 돌아가신 아버지의 혈액형을 정확하게 몰랐으니까 그나마 우연이란 말이 성립될 수도 있었을 것이다.

그 후부터 외딴집 남자와 내가 길에서 마주치면, 그의 눈빛은 한없이 어두워졌다. 아니 외딴집 남자는 내가 사라질 때까지 말뚝처럼 그 자리에 서 있었다. 나는 그런 외딴집 남자의 엉거주춤한 모습을 보는 게 정말 싫었다.

아버지가 눈을 감고 난 뒤, 정확하게 나는 열한 달 만에 태어났다. 출산일보다 늦게 태어난 것이다. 어머니가 달을 잘못 쳤는지, 아니면 도깨비바늘 숲에서 만든 아이였는지 모르는 일이었다. 그나마 유복자로 태어난 나를 집안에서 반겼다는 게 천만 다행한 일이었다. 4대 독자였기 때문이었다. 나는 혈액형이 식구들과 왜 다르냐고 어머니에게 물었던 적이 있었다. 그러자 어머니의 얼굴이 갑자기 새파래지더니 홀쩍홀쩍 울기 시작했다. 그리고 어머니의 치맛자락엔 도깨비바늘이 더 이상 매달려 있지 않았다. 또한 외딴집 남자가 그 곳을 떠나버렸다. 외딴집 남자가 왜 그곳을 떠났는지 아무도 말해 주지 않았다. 사실 알고 싶지도 않았다.

나는 룸을 빠져 나와 슈퍼를 향해 걸어갔다. 조금만 건드려도 몸을 동그랗게 말아버리는 쥐며느리가 된 기분이었다. 음지를 좋아하는 쥐며느리는 쉴 새 없이 발을 옴지락거린다. 어쩌면 나는 살아남기 위해서 쥐며느리처럼 발을 동동거리고 있는지도 모른다. 매일같이 원룸 앞을 서성거리던 김 형사가 보이지 않자, 동그랗게 말았던 몸을 풀고 밖으로 나온 내가 정말 우스웠다. 내 등에 쥐며느리처럼 딱딱한 껍질이 생긴 것은 아닌가 하고 등을 긁어 보았다. 정말 딱딱한 게 느껴졌다. 쇼윈도 앞에 서서 내 모습을 보았다. 역시 쥐며느리처럼 등이 구부정했다. 햇빛을 보지 못한 얼굴은 누렇게 떠 있었다.

그녀의 집에 설치했던 도청기는 도깨비바늘 모형이었다. 도깨비바늘 모형에다 집게발을 부착했던 것이다. 처음 그 도청장치를 세운상가에서 발견했을 때 섬뜩한 느낌이 들었다. 어머니의 치맛자락에 붙어 있던 도깨비바늘이 떠올랐기 때문이었다. 나는 망설이지 않고 도깨비바늘을 닮은 도청기를 구입했다. 도청기는 3센티미터 정도의 크기였다. 그녀가 없는 틈을 타 몰래 문을 열고 들어가 전화기 뒤에 꽂아 두었다. 그런데 생각했던 것보다 성능이 떨어졌다. 우연히 전화선을 통해 엿들었던 그녀의 목소리와 전혀 달랐다. 지지직거리는 잡음에 가려 이야기를 정확하게 들을 수가 없었다. 그녀는 전화기를 걸었다하면 한 시간은 기본이었다. 어떤 날은 새벽까지 통화했다. 그녀가 내 손아귀 안에 있다는 생각이 들자, 묘한 기분에 사로 잡혔다. 예전의 내가 아니었다. 물론 그녀에게 정식으로 데이트 신청을 해서 떳떳하게 만날 수도 있었다. 그러나 나는 여자를 만나는 일에 자신이 없었다. 더군다나 내 성기에 대한 자신감도 없었기 때문에 그녀 앞에 나서지도 못했다. 오히려 그녀를 훔쳐보는 것에 더 희열을 느꼈다. 나는 도청기를 통해 들려오는 그녀의 목소리를 들으며 자위행위를 했다. 그러고 나면, 그녀를 소유했다는 기분에 젖어 들었다. 벽 하나를 사이에 두고 나는 날마다 그녀를 껴안았던 것이다.

그녀가 사귀고 있는 남자는 셋이었다. 처음에는 옥외단자함에 도청기를 설치하지 않았기 때문에 어떤 사람들인지 파악되지 않았다. 다만 그녀가 세 명의 남자와 전화를 한다는 것을 알았을 뿐이었다. 쉽지가 않았을 텐데, 그녀는 세 명의 남자에게 제각기 다른 사람처럼 행동했다. 그녀는 종종 남자들에게 폰섹스를 하자고 졸라댔다. 그럴 때마다 나는 전화 속의 남자가 되어 그녀와 폰섹스를 했다. 나는 그녀의 네 번째 남자이길 간절히 바라고 있었다. 그녀의 사생활을 엿들으면서 전혀 양심의 가책을 느끼지 않는 것은 아니었다. 그러나 선택의 여지가 없었다. 나는 점점 그 생활에 빠져들고 있었다.

나는 그녀의 목소리를 듣기 위해 실내 도청 장치 이외에 옥외전화단자함에 도청기를 부착했다. 설명서만 봐도 도청기가 어떤 원리로 이루어졌는지 쉽게 알 수 있었다. 도청 장비는 보청기와 원리가 똑같았다. 도청기의 내부 구조는 소리를 잡아내는 집음기(集音器)와 이를 증폭시키는 앰프, 잡은 소리를 전송하는 송신 장치로 이루어져 있었다. 간단한 전자 상식만 있으면 얼마든지 도청기를 만들 수 있었다. 심지어는 몰래 카메라가 부착된 수천 만 원대의 최첨단 고성능 도청기가 비밀리에 만들어지고 있었다. 마이크로웨이브 송신기와 몰래 카메라가 부착된

휴대폰 영상 겸용 도청기를 일부 심부름센터에서 사용하고 있다는 이야기를 판매업자에게서 들었을 땐, 오히려 밀려오던 죄책감마저도 사라져버렸다. 전혀 색다른 전율을 느끼며 자위행위를 즐길 수 있을 거라는 막연한 기대감까지 생겨날 정도였다. 그런데 일이 그렇게까지 커질 줄은 몰랐다. 어찌 어찌하다가 304호 그녀의 나체를 훔쳐보고 난 뒤에 자위행위를 하게 된 것쯤으로 생각했었다. 일시적인 관음증이라고 여겼다. 아니 그녀 때문에 남자가 되었다는 기쁨에 들떠 있었다. 그동안 성기가 발기되지 않아 여자들을 사귀어 보지도 못했다. 그랬기에 그녀는 나에게 특별한 여자였다.

시간이 흐르면서 나는 그녀의 남자에 대한 정보를 알아내기 위해 늘 옥외단자함에 설치된 도청 스위치를 열었다. 그녀는 철저하게 규칙을 세워 놓고 남자를 사귀는 것 같았다. 그녀의 세 남자 중 두 명은 유부남이었고, 한 명은 같은 과 남학생이었다.

그녀는 연극 영화를 전공하고 있었다. 그러나 학교 가는 날은 그렇게 많지 않았다. 두 명의 유부남과는 드러내놓고 만나지 않았다. 그들과는 언제든지 헤어질 수 있다는 전제로 미팅을 가졌다. 가볍게 즐기다가 헤어지려는 태도를 보였다. 일명 원조교제 형태였다. 그녀가 사귀고 있는 남자들과 금전이 오고 가는 것을 알았을 때 정말 화가 머리끝까지 치밀었다. 거센 질투심이 타올랐다. 나 혼자만이 그녀를 독차지하고 싶었다. 설령 그녀가 여러 남자와 섹스를 했더라도 오직 나만의 여자이길 바랐다. 좀 더 정확하게 내 기분을 말한다면 그녀를 죽이고 싶었다. 원조 교제를 해서 경제적인 문제를 해결하는 여성들이 있다는 소리를 들었지만, 304호 그녀가 그런 여자 중의 한 사람이라고는 전혀 생각하지 못했던 일이었다. 그녀의 남자들에게 번호를 매긴 것도 도청기를 통해 남자들의 나이를 안 뒤부터였다. 그녀는 언제나 첫 번째 남자에게는 어린 딸처럼 굴었다.

나 벌써 떠돌이 집시가 된 거 알죠? 옷도 한 벌 사고 싶고…….

그녀는 노골적으로 돈을 달라고 했는데, 그럴 때마다 미팅을 갖는 것 같았다. 두 번째 남자는 그녀에게 명령조로 말했다.

그 곳으로 7시까지 나와 있어. 물론 후문을 이용하도록 하고.

늘 그는 그런 식이었다. 두 명의 유부남과는 달리 세 번째 남자와 전화를 할 때면 그녀는 전혀 다른 사람처럼 행동했다.

너는 세상을 좀 리얼하게 살 필요가 있어. 그렇게 결벽증 환자처럼 행동하면 끝낼 수밖에 없어. 나를 구속하려 들지 마.

그녀의 말을 듣자, 나는 코웃음이 나왔다.

나쁜 계집애, 아주 사람들을 가지고 놀고 있어.

나는 주먹을 불끈 쥐어 벽을 향해 내리쳤다. 그러자 쿵하고 벽이 울렸다. 그녀도 틀림없이 벽이 뒤흔들리는 소리를 들었을 것이다. 예상했던 것과 달리 벽이 두껍지가 않았다. 작은 벽돌 한 장 이외에 다른 자재를 쓴 것 같지가 않았다. 날림 공사였다. 순간, 나는 벽을 뚫고 싶다는 충동을 느꼈다. 벽 하나를 사이에 두고 날마다 그녀를 관찰하고 도청한다는 게 우스웠다. 직접 그녀를 볼 수만 있다면, 분명 나는 그녀의 네 번째 남자가 될 수 있을 것 같았다. 결국 나는 그녀보다 일찍 원룸으로 들어와 벽에다 구멍을 뚫기 시작했다. 그녀가 깊이 잠들었을 때라

든가, 샤워를 하는 시간이면 조심스럽게 십자드라이버로 벽을 긁어냈다. 그 때마다 나는 생쥐가 된 기분이었다.

어머니가 세상을 뜨기 전까지 나는 어머니와 함께 약수동 산동네에서 살았다. 외딴집 남자가 떠나고, 도깨비바늘이 나의 관심 밖으로 밀려난 다음 해였다. 어머니는 약수동으로 이사 와서 얼마동안 누군가를 미친 듯이 찾아다녔다. 어머니가 외딴집 남자를 그곳에서 만나기로 했던 모양이었다. 그러나 외딴집 남자는 우리 앞에 나타나지 않았다. 몇 년 후, 고향에 내려갔던 어머니는 외딴집 남자가 세상을 떠났다는 소식을 갖고 올라왔다. 나는 주름살이 자글자글한 어머니의 얼굴을 물끄러미 쳐다보며 도깨비바늘 따위는 두 번 다시 떠올리지 않겠다고 마음먹었다.

약수동 산동네의 낡은 지붕은 밤마다 생쥐들이 득실거렸다. 어떤 날은 벌건 쥐새끼가 벌어진 천장 틈에서 뚝 떨어지는 바람에 혼비백산한 적도 있었다. 매일 이불을 뒤집어써야만 안심하고 잠을 잤다. 그곳은 재개발이다 해서 늘 시끄러웠다. 산동네에서 기세가 등등한 것은 오직 쥐새끼들 뿐이었다. 허구한 날 홀레를 하는지 쥐들은 천정을 우르르 몰려다녔다. 참지 못한 나는 씨팔놈의 쥐새끼들이란 소리를 내지르며, 빗자루를 들어 쥐새끼들이 모여 있는 곳을 향해 사정없이 쳤다. 집안이 쿵하고 흔들리자, 머리가 멍해졌다. 그런 뒤엔 한동안 정적이 휩싸이는가 싶었다. 그러나 또다시 쥐새끼들이 모여들었다. 지독한 놈들이었다. 그 놈들은 이미 산동네 사람들의 마음을 훤히 꿰뚫고 있었다. 재개발 딱지를 받으려고 악을 써대는 산동네 뜨내기들이 곧 그곳을 떠날 거라는 것을 알고 있었다. 쥐새끼처럼 벽을 뚫고 있는 내 자신이 혐오스럽지 않은 것은 아니었다. 그러나 그 일을 멈출 수는 없었다. 오히려 십자드라이버로 벽을 파고 있으면 온갖 잡념들이 사라졌다. 사람들이 샤워하는 소리는 물론, 일정한 간격으로 침대가 삐걱대는 소리와 그릇들이 바닥에 나뒹구는 소리까지도 벽을 타고 흘러들었다. 조금씩 벽이 뚫리기 시작하면서 어찌나 긴장을 했던지 겨드랑이에서 땀이 흠씬 배어나왔다. 나는 쉬지 않고 쥐새끼의 날카로운 송곳니처럼 십자드라이버를 바짝 세워 벽을 후볐다. 드릴로 단숨에 벽을 뚫어버릴까 하고 생각해보았다. 하지만 건물 주인이 여간 까다로운 사람이 아니었다. 벽에다 못을 치는 것조차 간섭했다. 그래서 드릴로 벽을 뚫는다는 것은 상상도 할 수 없는 일이었다. 드디어 그녀의 방으로 통하는 작은 구멍이 뚫렸다. 그러나 304호 내부를 전부 볼 수는 없었다. 안타까운 것은 그녀의 침대가 2센티미터의 구멍 안에 들어오지 않는다는 것이었다. 그 구멍을 통해 볼 수 있는 것은 빨간 전화기가 놓여 있는 이태리 풍의 테이블과 붉은 카펫이었다. 그녀가 자주 앉는 자리였기에 그나마 다행이었다.

그 날로부터 나는 어머니가 도깨비바늘을 치맛자락에 매달고 몰래 집안으로 들어섰던 것처럼 그녀의 방을 수시로 들락거렸다. 물론 직접 들어갔다는 게 아니라 작은 구멍을 통해 들락거렸던 것이다. 뭐라고 꼬집어 말할 수 없었지만 구멍을 통해 그녀의 모습을 훔쳐보기 시작하면서부터 전혀 생각해보지 못했던 스릴이 느껴졌다.

아직 김 형사는 그 구멍을 발견하지 못했다. 만약 그 구멍이 발견된다면 나는 꼼짝없이 304호의 그녀를 죽인 범인으로 몰릴 게 뻔한 일이었다. 나는 라면과 빵이 든 검은 봉지를 들고 원룸으로 돌아왔다. 내

발소리조차 위압적으로 느껴질 정도로 건물은 조용했다.

304호 원룸은 그녀의 마지막 연극 무대였던 것 같았다. 이태리 풍의 테이블과 붉은 카펫은 그녀에게 딱 어울리는 소품이었다. 한 달 남짓, 그녀와 함께 지내는 동안 나는 누구보다도 그녀를 잘 알고 있었다. 그녀의 속 울음소리까지도 도청기를 통해 들었으니까 말이다. 어쩌면 그녀도 나처럼 병적인 외로움에 시달렸던 것도 같았다. 그래서 어둡고 텅비어 있는 가슴을 채우기 위해 여러 남자들을 만나 몸부림쳤는지도 모른다. 마지막 순간까지도 연극 무대를 떠나지 못한 채 죽어갔던 것은 아니었을까.

3층 계단을 올라서자, 김 형사가 언제 왔는지 복도를 서성거리고 있었다. 가슴이 쿵하고 저 밑바닥으로 가라앉았다. 김 형사가 나를 발견하고는 천천히 다가왔다.

어디를 다녀오세요.

먹을 걸 좀 사러요.

김 형사의 말에 대꾸를 했지만 조바심이 났다. 담배를 꺼내 불을 댕긴 김 형사는 다짜고짜 어디 가서 소주나 한 잔 하자고 했다. 나는 눈을 동그랗게 뜨고 김 형사의 얼굴을 올려다보았다.

범인이 잡혔어요. 그 동안 헛수고를 했지 뭐요. 어제부터 이곳을 후배가 잠복했는데, 물증을 없애려 했던 용의자를 뒤쫓아 가서 잡았어요. 이제 나도 옷을 벗을 때가 되었는지, 헛 다리를 짚었지 뭡니까. 어찌되었든 그 동안 고생 많았소.

나는 아무 말도 하지 못한 채 멍하니 서서 눈시울이 뜨거워지는 것을 참아냈다. 눈물이 고여 있는 두 눈을 깜박거렸다. 그동안 용의자로 몰린 게 여간 고통스럽지 않았던 것이다.

누가 범인인지 궁금하지 않아요?

대답 대신 나는 옷소매로 그렁그렁하게 맺혀있던 눈물을 닦아냈다.

범인은 바로 303호였소. 도청장치 장비와 피 묻은 망치를 은닉하려다가 덜미를 잡혔어요. 여자를 훔쳐보면서 그 짓거리를 했다지 뭐요. 예전에 관음증으로 정신과 치료를 몇 번 받았다는군요. 304호 여자가 여러 남자들과 놀아나는 게 미워서 죽였다지 뭡니까. 어쨌거나……. 그자는 여자를 훔쳐보는 상습범이었소. 몹쓸 놈, 그렇다고 사람은 왜 죽여.

나는 앞서 계단을 내려가는 김 형사의 뒤를 따라 가다가 그만 헛발질을 했다. 그 바람에 계단을 한 바퀴 굴렀다. 라면과 빵이 들어 있는 검은 봉지가 밑바닥 계단까지 나뒹굴었다. 나는 얼른 일어나 검은 봉지를 주워들었다. 얼굴이 몹시 화끈거렸다. 주워 든 검은 봉지에서 마른 나뭇잎이 바스락대는 소리가 들려 왔다. 어쩌면 내 가슴에서 나는 소리였는지도 모를 일이었다. 내가 아닌 내가 또 있었다니 목덜미가 서늘해졌다.

23번 토우

23번 토우

여자는 차창 너머로 보이는 이정표를 확인한 뒤 갓길에 차를 세웠다. 목적지에 도착했다는 안도감 때문인지 온몸의 힘이 쭉 나져나갔다. 날씨가 심상치가 않았다. 오후부터 먹구름이 몰려오기 시작하더니, 급기야 구름으로 뒤덮인 하늘이 점점 내려앉고 있었다. 가방에서 약도를 꺼내든 여자의 얼굴에 의미를 알 수 없는 미소가 감겼다.

거의 다 왔어요.

깊게 모자를 눌러쓰고 있는 그를 향해 여자가 말했다. 하지만 그는 아무런 대꾸도 하지 않고 흐릿한 눈을 가늘게 뜨더니, 여자를 멍하니 바라봤다.

왜, 이런 후미진 곳까지 왔어.

여자는 아무 말을 하지 않았다. 대신 구두를 벗고 조수석 쪽으로 몸을 옮기더니 그의 무릎 위에 걸터앉았다. 그리고는 까칠해진 그의 볼에 입맞춤했다. 순간, 그의 눈까풀이 개미의 더듬이처럼 움찔거렸다. 여자가 그의 어깨를 껴안자, 눈동자에 얇은 유리조각 같은 핏줄이 설핏 돋았다.

당신, 많이 힘들었군요. 보여줄게 있어서 여기에 왔어요. 우리가 영혼의 꽃을 보게 된다면 곧 마음이 가벼워 질 거예요. 이젠 집으로 돌아가고 싶어요. 편히 쉴 수 있는 집으로요.

나직하게 흘러나온 여자의 목소리가 가닥가닥 갈라졌다.

무슨 소리를 하는 거야.

그의 말이 끝나기도 전에 여자의 입술이 밀치고 들어섰다. 여자의 열 손가락이 남자의 손가락 사이에 각지를 꼈다. 여자는 그의 몸에서 풍겨 나온 체취를 맡으며 한동안 몸을 풀지 않았다.

그만, 이제 마무리 짓고 싶어요.

여자가 목울대에서 걸쳐있는 속울음을 컥컥 토해내기 시작했다. 여자가 힘없이 몸을 일으켰다.

무엇을 마무리 짓겠다는 거야. 말도 안 되는 소리…….

바로 이곳 근처에요. 조금만 쉬었다 가요. 몹시 가슴이 답답해요.

그가 두 팔을 벌려 여자의 작은 몸을 와락 껴안았다. 여자의 눈동자에 물방울이 어렸다. 물고기가 파드닥 튕겨져 나올 듯 눈이 깊어졌다. 왈칵 눈물을 쏟아냈다. 여자의 치맛자락에 떨어진 물방울이 아래로 또르르 굴러 떨어졌다. 그 때, 부 웅 하고 트럭 한 대가 그 옆을 휙 지나갔다. 그러자 차가 덜컹하고 흔들렸다.

울지 마. 더 이상 너를 아프게 하고 싶지 않아. 늘 미안 해. 좋은 남자 만나서……. 그런데 보여 줄게 뭐야? 그곳으로 빨리 가는 게 좋겠어. 여긴 좀 위험하고 시끄러워.

여자는 몸을 일으켜 운전석으로 돌아가 앉았다. 여자는 룸 밀러를 보며 눈두덩이 아래를 톡톡 두드렸다. 얼룩진 화장품이 엷게 퍼지면서 흘러내린 눈물이 피부 속으로 스며들었다. 그때서야 여자는 시동이 걸고 한적한 도로를 따라 핸들을 돌렸다. 여자는 다시 우측으로 핸들을 꺾어 무궁화 공원이라고 쓰여 있는 곳으로 들어갔다. 유심히 보지 않으면 쉽게 발견하기 힘든 곳이었다.

무궁화 공원이라는 푯말이 45도 각도로 누워 있었다. 푯말에 쓰여 있는 이름과 달리 무궁화는 한 그루도 없었다. 보도블록이 깔린 작은 오솔길을 따라 천천히 안으로 들어가자, 짧은 벚나무 터널이 나오고 청동상이 서있는 광장이 드러났다. 작은 학교의 운동장만 했다. 그곳에는 제멋대로 자란 넝쿨장미와 등나무 넝쿨이 땅 아래로 길게 뻗어 있었다. 나무 사이로 안개가 자욱하게 깔려 있었다. 공원 분위기는 음산하기 짝이 없었다. 여자가 주위를 두리번거리며 뭔가를 찾기 시작했다.

아, 바로 저 청동상이에요. 당신에게 보여주려고 했던 것이…….분명 저것은 케이가 말한 22번 토우를 본떠 만든 청동상이에요. 그가 영혼에서 피어나는 하얀 꽃을 볼 수 있을 거라고 했어요.

여자는 그 청동상 앞에 바짝 차를 주차시켰다. 하지만 선뜻 차문을 열고 밖으로 나가지 못했다. 여자의 눈에는 그 청동상이 세종대왕이나 이순신 장군처럼 빛나는 업적을 남긴 위인들의 동상처럼 느껴지지가 않았다. 평범하기 그지없는 청동상은 서슬이 퍼런 눈을 부릅뜨고 있을 뿐이었다. 그 모습을 바라보고 있던 여자가 몸을 잔뜩 웅크리고 앉았다. 무궁화 공원에 서 있는 청동상은 여자에게 있어 두려움의 대상이었다. 그러한 사실을 누구보다 잘 알고 있기에 여자는 애써 그 앞에서 처연한 표정을 지었다.

그는 여자와 달리 청동상에는 별 관심이 없었다. 왜 이런 곳으로 여자가 오자고 했는지 생각하고 있었다. 깨진 시멘트 의자와 깡통 그리고 소주병, 또는 흩어져 있는 휴지조각들이 널려져 있을 뿐, 공원이란 느낌이 전혀 들지 않았다. 마치 비행 청소년들의 집합장소 쯤으로 보였다. 아무리 생각해도 여자가 왜 이곳에 오자고 했는지 의아스러울 따름이었다. 분명 관리자가 있을 법 한데도 무방치 상태로 놓여 있다는 게 말이 되지 않았다. 남자가 인상을 잔득 찌푸렸다. 그가 곧 차문을 열고 밖으로 나갔다. 남자는 청동상 앞에 서 있다가 주위를 한 바퀴 돌았다. 그리고 여자에게 손짓을 해 보였다. 여자는 그의 신호를 읽고 있었으면서도 밖으로 나갈 용기가 나지 않았다. 며칠 동안 고민 끝에 오게 된 무궁화 공원이었다. 그런데 정작 목적지에 도착하고 보니까, 알 수 없는 두려움에 몸을 떨었다. 누군가 여자를 지켜보고 있을 것만 같은 불안감이 들기 시작했던 것이다.

　그런 불안감은 케이의 작업실에서 겪었던 악몽 때문일 수도 있었다. 여자는 두 손으로 머리를 감싸 쥐었다. 정말 케이의 말이 사실이라면 앞으로 어떻게 해야 할 것인지 남감한 일이 아닐 수 없었다. 일단 돈을 건넸으니까, 그동안 케이가 한 일에 대한 수고비는 치르고도 남을 일이었다. 하지만 케이의 손아귀에서 벗어날 수 없을 것 같은 불안감이 들었다. 케이를 만난 이후, 잠시 흥분 속에 감겨 지냈다. 솟구치는 세포의 일렁임은 일종의 쾌감과도 같았다. 아니 쾌감이라기보다는 복수심에 중독된 상태라고 보면 더 정확했다. 통제가 불가능 했던 여자의 행동은 케이의 조언을 너무도 쉽게 받아들였다.

자유롭고 싶다. 그만 그물처럼 얽힌 굴레를 벗어던지고 훨훨 날고 싶어. 그런데도 소통, 소통, 소통. 세상으로 난 길과 소통을 하고 있는 사람은 단지 저 사람뿐이야.

늘 여자의 뇌리에서 떠나지 않는 말이었다.

언뜻 나무 사이로 호수가 내려다보였다. 몇 발자국 아래로 내려간 그가 지퍼를 내려 오줌을 갈겼다. 여자는 차 안에서 그의 모습을 지켜보았다.

그의 어깨 위에 눈발이 내려앉기 시작했다. 낯설지 않은 그의 뒷모습, 그는 날마다 버릴 수 없는 관습을 겹겹이 껴입고 살고 있는 듯이 보였다. 그래서 그의 뒷모습이 무겁게 보일 수도 있었다. 그가 뒷좌석 차문을 열고 들어왔다.

눈이 내리네. 이러다가 고속도로에서 꼼짝하지 못하고 갇히는 거 아니야.

여자가 뒷좌석으로 건너가 그의 곁에 앉았다. 그의 옷 솔기를 만지며 조심스럽게 입을 열었다.

저 토우, 아니 청동상라고 말하는 게 맞아요. 당신은 저게 어떻게 만들어졌는지 궁금하지 않나요?

글쎄, 어느 무명 조각가가 만들었겠지.

저 청동상은 여느 작품과 달라요. 왜냐하면 몸 안에 영혼이 잠들어 있는데, 조금씩 밖으로 흘러나오면서 하얀 꽃을 피운데요.

무슨 그런 생뚱맞은 소리를 해.

꼭 당신에게 보여주고 싶었어요. 저것만이 당신과 내가 살 길이에요.

그 옆의 빈자리가 보이지요. 그곳에 곧 23번 토우가 들어설 자리에요. 저 청동상을 잘 살펴보면 분명 어딘가에 구멍을 발견할 수 있을 거라고 했어요.

많은 사람들이 들어와 볼 것 같지도 않는 이런 후미진 곳에 뭣 하러 청동상을 또 세운다니?

후미지고 아무도 들어오지 않으니까 세우는 거지요.

그건 예산 낭비야.

여자가 스커트를 걷어 속옷을 벗어 내렸다.

그냥 당신의 온기를 느끼고 싶어요.

그가 힘없이 혁대를 풀고 여자를 그 위로 올려놓았다. 여자는 스커트를 넓게 펼쳐 그의 무릎을 모두 덮었다. 그들의 살점이 하나도 보이진 않지만 예민한 부분이 나사처럼 꼭 맞았다. 전혀 전희가 없는 섹스, 단지 온기를 느끼기 위한 것이라고 여자가 몇 번이고 되풀이했다. 그가 어깨를 잠시 부르르 떨며 여자의 어깨에 두 팔을 감았다. 그 역시 마음이 몹시 추웠던 것이다.

당신의 몸속은 어렸을 적 누워 잤던 엄마 품속 같아. 그래서 좋아.

그의 입에서 간헐적으로 흩어져 나온 숨소리가 차안 가득했다가 가라앉았다. 하지만 오르가슴은 전혀 없었다.

우리에게 집이 없듯이 더 이상의 오르가슴은 없어요.

여자가 허벅지에 뭉쳤던 힘을 슬그머니 풀었다.

이상하네. 전화가 올 때가 지났어요. 당신과 나의 오르가슴을 앗아간 더블유에게서 신호가 올 때가 지났단 말이에요. 벌써 23번 토우가 된 것은 아닐까요.

23번 토우는 다 뭐니? 토우가 된다는 말은 다 뭐야. 우를 잃어버린 당신 마음은 잘 알아. 하지만 이제 정신 차리고 그만 마음 추슬러. 아이는 또 가지면 되잖아.

어떻게 아이를 가져요. 당신도 오르가슴을 전혀 느끼지 못하는데 어떻게 아이를 갖는단 말이에요. 그렇다고 우가 다시 살아 돌아오는 것도 아니잖아요? 그래서 23번 토우가 필요한 거예요. 당신은 그냥 제 옆에 있기만 하면 돼요. 모든 건 제가 다 알아서 하겠어요.

여자는 차창에 입김을 불어 넣어 W를 깊게 새겨 넣었다.

그때였다. 그의 바지 주머니 안에서 핸드폰이 울렸다. 여자가 흠씬 몸을 떨며 핸드폰을 꺼내들었다. 역시 더블유였다.

숨는다고 숨어질 것 같아. 어차피 내 손바닥 안이야. 이번엔 그 년을 30층에 숨겨 놓았던데 좀 높지 않냐? 난 높은 곳은 딱 질색이야. 조만간에 찾아가서 모조리 부서 버릴 테야.

그가 알았으니 집에서 이야기하자는 말만 연신 내뱉었다. 무엇을 알았다고 하는 것인지, 여자는 미간을 잔뜩 찌푸렸다. 여자는 몸속에 있던 그의 성기가 줄어들 것을 염려해 몸을 바짝 밀착시켰다. 그래도 오르가슴은 없었다. 계속해서 더블유의 악담은 산발적으로 흩어졌다. 어차피 더블유의 신경을 자극할 필요는 없다는 생각에서였는지 그가 핸드폰을 의자 위에 내려놓았다. 흥분한 더블유의 목소리가 핸드폰에서 튀어나왔다. 여자가 거칠게 몸을 움직였다. 하지만 여자의 말처럼 온기를 느끼기 위한 몸짓에 불과 했다. 핸드폰에서는 더 이상 더블유의 목소리가 들리지 않았다.

그가 몹시 피곤하다며 눈을 감았다.

어제 밤에 한숨도 못 잤어. 십 분만 눈을 붙일 게.

여자는 그의 몸에서 떨어져 나왔다. 그리고는 등받이에 몸을 기대고 앉아 한숨을 뱉었다.

아주 조금만, 아주 조금만 자고 싶어.

여자의 무릎에 엎드린 그가 어느새 잠이 든 모양인지 거친 숨소리를 냈다. 차창으로 보이는 동상을 올려다보며 여자의 손이 희끗한 그의 머리카락을 쓰다듬었다.

너무 지쳐버렸어. 이제 어디로 가야하지?

여자는 지하실에서 케이를 만나고 돌아온 뒤로 날마다 악몽을 꾸었다. 때때로 지글지글 살점이 타는 냄새가 아파트 구석구석 날렸다.

꼭 더블유를 제거해야한다.

그녀의 일념은 오직 더블유를 제거하는 일이었다. 그 목표 때문에 하루하루를 살아갈 수 있었다.

오늘 아침, 그를 만나기 위해 막 현관문을 나설 무렵이었다. 전화벨이 울렸다. 망설이다가 혹시 그가 아닌가하고 여자는 신발도 벗지 않은 채 거실로 뛰어 들어갔다. 막 수화기를 들으려는 순간 번호 숨김이라는 글자가 눈에 들어왔다. 그래서 수화기를 맥없이 내려놓았다. 그것은 더블유가 여자를 발견했다는 표시였을 수도 있었다. 더블유는 여자에게 전화를 걸 때 번호를 숨겼다. 몇 번이고 찾아와 집을 아수라장으로 만들었을 때도 번호 숨김이라는 로고가 먼저 떴다.

여자가 거실을 가로질러 뚜벅거리고 나오면서 23번 토우를 흘깃 쳐다보았다. 그 토우는 장식을 달지 않고 심플하게 빗어져 있었는데, 커다란 토우를 만들기 전의 샘플인 셈이었다. 둥근 얼굴에 눈, 코, 입이 뻐끔하게 뚫려져 있었고, 머리는 맨머리에다가 눈썹은 선각으로 나타나 있었다. 하체에 있는 성기는 움푹 들어간 채 음부의 자국만 조금 남겨두었을 뿐 그다지 특이해 보일 것도 없는 토우였다. 그런데도 여자는 장식장 위에 세워둔 토우를 바라보고 있으면 죽어버린 오르가슴을 꼭 되찾게 될 날이 올 것 같은 예감, 아니 확신이 들었다. 그 토우를 여자에게 만들어 보낸 사람은 바로 케이였다. 이름은 김 아무개로 시작한다지만 자신을 케이로 불러 달라고 하면서도 신분 노출을 하지 않으려고 꽤나 신경을 곤두세웠다.

케이는 여자의 심리를 꿰뚫어 보았다. 누군가를 몹시 증오하고 있다는 것을 한눈에 알아차렸던 것이다. 여자는 더블유를 피해 달아나다가 교통사고를 당했다. 그때 차에 함께 타고 있던 아들 우는 차 밖으로 튕겨져 나갔는데, 그만 현장에서 숨을 거두었다. 그런데 여자는 타박상만 입고 멀쩡하게 살아났다. 그는 뇌를 검사해야한다며 여자를 병원으로 데리고 갔다. 여자가 완강히 거부했다. 아들 우는 싸늘한 시신이 되어버렸는데 그녀 자신만 살겠다고 발버둥치는 게 말이 되지 않았던 것이다.

케이에게 굳이 그런 사건을 말하지 않았는데도 여자의 눈빛에서 절박함을 읽어낸 것이다. 오히려 증오심으로 불타고 있는 여자의 눈빛에 매료되었다고 했다. 케이는 다른 일을 모두 미뤄 두고라도 여자의 일을 맡아서 처리하겠고 굳은 약속을 했다. 그래서 23번 토우 샘플이 여자의 집에 빨리 도착할 수 있었던 것이다. 토우의 샘플에는 23번이란 번호가 찍혀 있었다. 여자는 케이에게 23번의 의미가 무엇이냐고 물어봤다. 그런데 너무도 어이없는 소리를 했다. 지금까지 살아오는 동안 나쁜 일들이 대부분은 23일에 벌어졌다는 것이었다. 하지만 여자에게 있어 그 숫자는 금융기관에서 받은 대기번호와 다를 바 없었다. 여자는 23번이란 숫자가 더블유에게 더 큰 의미가 있는 번호표일거라는 생각을 했다. 그 사실을 아는 사람은 여자와 케이 뿐이었지만 말이다. 23번 토우는 얼핏 보기에도 더블유를 몹시 닮아 있었다. 단지 사진 몇 장을 케이에게 건넸을 뿐인데, 더블유의 표정을 완전히 빼박은 토우를 만들었던 것이다.

당시 여자는 지칠 대로 지쳐있었다. 더 이상 빠져나갈 비상구가 없었다. 더블유만 없었다면 우를 잃지 않았을 것이며, 햇볕이 잘 드는 집을 지킬 수 있을 것만 같았다. 더블유는 그를 놓아주지 않았다. 무서운 집착이었다. 그런데도 그와 여자는 멈추지 않고 만났다. 두 사람의 수십만 개 세포가 불꽃을 피우려는 순간, 더블유에게서 신호가 걸려왔다. 어떻게 그런 일이 벌어질 수 있는 것인지 놀랄 지경이었다. 언제나 더블유는 결정적인 찰나에 벨을 울렸다. 누구를 위해 종을 울리는 것인지. 그와 여자는 벌거벗은 자신들의 몸을 멍청하게 내려다볼 뿐 더 이상 섹스를 하지 않았다. 여자는 그가 핸드폰을 꺼놓기를 바랐다. 하지만 결코 핸드폰을 끄는 일이 없었다. 왜였을까. 여자는 그 때마다 그를 원망했다.

여자가 현관문을 닫자, 세이콤이 철커덕하고 걸렸다. 여자만 알고 있는 번호라지만 눈 감고 아웅 하는 짓이었다. 누구나 간단한 보조 장치만 있으면 얼마든지 잠금장치를 풀 수 있었다. 그런데도 최소한의 벽을 쳐두고 싶었다. 도둑을 피해서라기보다는 더블유가 찾아왔을 때 조금이라도 시간을 벌자는 속셈에서 몇 겹의 잠금장치를 설치해 둔 것이다.

여자는 그를 만나기 위해 서둘러 엘리베이터 버튼을 눌렀다. 일층에 머물러 있던 엘리베이터가 30층 숫자를 물고 올라오고 있었다. 문이 열리고 여자의 구둣발이 엘리베이터 안으로 들어서자, 드르륵 하고 문이 닫혔다. 엘리베이터가 한쪽으로 쏠리면서 잠시 기우뚱했다. 가끔 이상 현상이 일어나서 늘 경비실에서 눈을 떼지 않는 라인이었다. 감시 카메라 앞에 여자가 정면으로 섰다. 무심코 카메라를 힐긋거린 여자가 사각지대 쪽으로 몸을 돌렸다. 본능처럼 카메라를 피했던 것이다.

케이를 만나고 돌아온 후부터 그런 증상이 심해졌다. 23번 토우의 샘플이 나오자, 곧바로 케이에게 삼백 만원을 건넸다. 선수금이자 계약금인 셈이었다. 혹시나 해서 이백 만원을 더 찾아 지갑에 넣어 두었다. 그런데 케이는 돈보다는 일 자체에 더 흥미로워했다. 여자가 지하 주차장으로 내려가 검은색 승용차를 향해 버튼을 눌렀다. 재빨리 차에 올라탄 여자는 잠금장치부터 눌렀다. 음습하고 컴컴한 주차장에 들어서면 오싹함이 등골에서 느껴졌던 것이다. 혹 뒤에서 누군가 숨어 있다가 냅다 달려들어 여자의 목을 비틀어버릴지도 모르기 때문이었다. 더블유라면 그러고도 남을 거란 생각이 들었다. 여자는 눈을 매섭게 치켜들며 노려보는 더블유를 생각하며 몸을 부르르 떨었다. 그러니까, 더블유 보다 선수를 쳐야했다. 선택의 여지가 없었다.

여자가 그를 만난 건 5년 전이었다. 여자는 그에게 빠져드는 감정이 일시적인 가벼운 현상이라고 생각했다. 산다는 자체가 버거워서 잠시 위로를 받는 관계일 뿐, 특별한 의미를 부여하지 않았다. 하지만 그들의 관계는 지속적으로 이어졌고, 서로의 감정이 뒤섞이기 시작했다.

여자가 대학을 졸업하고 난 뒤에 취직이 되지 않았다. 그래서 부모가 남긴 유산을 처리해서 서점을 개업했다. 대학 다닐 때 잠시 아르바이트를 해 본 경험 밖에 없었다. 그런데도 여자의 행동은 자심감이 넘쳐흘렀다. 세상물정 모르는 초보자의 오만에서 나오는 행동일 수도 있었다. 그런데 겁없이 뛰어들었지만 예상 밖의 매상을 올렸다. 대형 서점에 밀려 동네 서점들이 사라지고 없는 주택가 한가운데 서점을 열었다. 여자는 그곳을 지나가는 사람들이 책 한 두 권쯤 가볍게 사고 싶어 한다는 것을 재빠르게 알아챘다. 그래서 크게 홍보하지 않았는데도 손님이 늘어났다.

그는 여자가 운영하는 서점 건물 주인이었다. 나이는 40대 초반, 자칭 늘 외롭고 쓸쓸한 남자, 좀 더 멋있게 표현하자면 늘 누군가를 그리워하는 중년 남자라고 소개했다. 그는 여자의 귀에다 대고 그리움은 그리움을 낳는다며 조근 거렸다. 여자는 수시로 들어오는 도서 물량을 정리하면서도 그의 넋두리를 받아주었다. 때로는 그의 얼굴에 걸린 수심을 걷어주고 싶단 생각까지 했다. 하마터면 그에게 다가가 두 볼을 감싸면서 '당신은 정말 외롭군요. 어쩐다지요? 힘들면 잠시 제 어깨에 기대세요.' 라는 말을 건넬 뻔 했다. 그 무렵 여자도 몹시 지쳐있었다.

고등학교 2학년 때, 교통사고로 부모를 모두 잃었던 것이다. 어둡고 칙칙한 그늘에서 벗어나고 싶었다. 빨리 어른이 된다면 자신을 둘러싸고 있는 두려움이 사라지게 될 거라고 믿었던 것이다. 그런데 더 이상 어른이 될 수 없다는 것을 깨달았다. 여자의 생각은 자라지 않고 늘 어린 아이로 머물러 있었다.

여자의 부모는 그녀를 40대 후반에 낳았다. 아들 하나를 놓고 불임이 되어버린 탓에 더 이상의 자식은 기다리지 않았다. 그런데 뜻하지 않게 늦은 나이에 아이를 가졌다. 아이가 고등학교를 다닐 무렵, 부모의 나이는 환갑을 훌쩍 넘었다. 늙은 부모는 딸을 잘 키워보려고 온갖 노력을 했다. 하지만 오래가지 않았다. 딸이 또래 집단 아이들과 잘 어울리지 못할 뿐만 아니라, 사람들과의 의사소통도 점점 어려워졌다. 딸은 점점 부모와의 세대 차이를 두려워하기 시작했다. 그녀는 또래 아이들보다 어른스럽다는 말을 종종 들었다. 아무리 살갑게 가꾸고 어여쁜 옷을 사준다고 했지만 젊은 엄마들의 감각을 따를 수는 없었다. 여자는 하루 빨리 늙은 부모로부터 벗어나고 싶었다. 여자는 유치원 졸업과 재롱잔치, 초등학교 졸업식과 학예 발표회 그리고 가을 운동회를 거치는 동안 점점 조숙해졌다. 늙은 부모의 희끗한 머리카락이 펄펄 날리는 모습을 인정하고 싶지가 않았다. 급기야 늙은 부모가 결혼기념일을 기념하여 여행을 가겠다고 했을 때, 집으로 돌아오지 말았으면 하는 생각을 했다.

저도 젊은 엄마, 아빠를 갖고 싶어요.

그런데 부모는 얽히고설킨 감정의 고리가 풀리기도 전에 불귀의 객이 되었고, 더 이상 여자 앞에 나타나지 않았다. 여자보다 스무 살이나 많은 오빠는 어린 여동생을 생각할 겨를도 없이 회사에 매달려 지냈다.

여자는 그를 보는 순간, 늙은 부모의 희끗한 머리카락을 떠올렸다. 그래서 여자는 그를 통해 불귀의 객이 된 늙은 부모의 체취를 느끼고 싶어했다. 쉽게 그에게 잠시 쉬었다가라고 말했던 것도 그 때문이었다. 여자의 말대로 부모는 해외여행을 다녀오는 길에 사고를 당해 세상을 떠나고 말았다. 그런데도 여자는 크게 울지 않았다. 부모의 죽음은 책임에 대한 회피이며, 자신을 배신했다고 여겼다. 그리고 어른이 되면 모든 것을 잊어버릴 것이라고 믿었다. 그런데 여자는 결코 어른이 되지 못했다.

그도 자신의 점포에 세든 여자를 보고 건물주와 세입자의 관계로만 생각했었다. 흑심이 깔리지 않았다고 한다면 거짓말일 테지만, 어찌 되었든 그 이상이 되었다가는 의부증이 심한 아내의 히스테리를 견딜 재간이 없을 거라고 생각했다. 그의 아내는 그의 모든 것을 훤히 꿰뚫고 있었다. 그렇게 해야만 호흡할 수 있는 여자였다. 그런데도 십 년을 같이 사는 동안 적응이 되었는지 그럭저럭 모양새를 갖추고 살았다. 햇빛이 잘 드는 아파트, 외제 승용차, 그리고 부부 동반 모임과 쇼핑, 가끔씩 외국 여행을 다녀왔지만, 생각처럼 괴롭다거나 따분하지도 않았다. 더구나 그들에겐 아이도 필요하지 않았다. 그런 아내를 위해 기꺼이 직장에 사표를 쓰고 처가에서 물려받은 부동산을 관리하며 지냈다. 남들은 지독하게 운 좋은 놈이라고까지 말했다.

질긴 인연이 이어지고 있는 한, 낡은 결혼 사진첩 속에 추억을 간직

하고 있는 한, 그는 투명한 시간 관리를 위해 발버둥 쳐야만 했다. 그는 한 올의 흐트러짐도 없이 잘 짜진 시간 속에는 오로지 아내를 위한 스케줄만 존재했다.

맨 처음 여자도 건물주에게 밉보여서 좋을 게 없다는 생각에서 쟁반 위에 찻잔을 얌전하게 올려놓았다. 때로 그들은 짬뽕이나 자장면으로 늦은 점심을 같이 하기도 했다. 그는 국수 가락을 후루룩 넘기면서 여자의 따뜻한 눈빛을 간절히 기다렸다. 그리고는 남자들이 여자들에게 접근할 때는 쓰는 방법을 사용했다. 그가 생각한 접근 방법 중 그 첫 번째의 단계, 여자에게 첫사랑 이야기를 한다. 그리고 상대가 첫사랑의 주인공을 무척 닮았다며 모성애를 자극한다. 두 번째 단계, 자신의 아내로부터 전혀 연애 감정을 못 느끼고 있다는 점을 부각시킨다. 심지어 부처님 가운데 토막 같다느니, 수녀님 같다는 둥, 지리멸렬한 궁상을 떤다. 마지막 세 번째 단계로는 자신의 인생에 있어서 사랑 자체가 '노 프로브럼'이라고 여러 번 강조한다. 일단 여자를 넘어오게 만든 다음……. 그 다음은? 말 그대로 대책이 없는 것이다. 모든 책임은 일단 넘어온 여자의 책임이 되어버리는 것이다. 그런 게임을 훤히 꿰뚫고 있던 남자였다. 남자는 자신이 계획했던 방법으로 여자에게 접근했다. 하지만 여자는 그가 일반 남자들과 다른 행동하기를 간절히 바랬다. 여자가 대학을 다니는 동안 몇몇 남학생과 사귀어도 봤고, 어설픈 섹스도 해보았지만 모두 미성년자들과 잤다는 미진한 느낌만 들었다. 그래서 그는 전혀 다른 느낌의 남자이었으면 했다. 어쨌든 만남은 그렇게 시작은 되었지만 과정은 엉뚱한 방향으로 흘러갔다.

상가 번영회 회장을 맡고 있던 그는 책방에 문제가 생길 때마다 나타났다. 처음 시작하는 사업이라서 전문가의 조언이 절실히 필요했다. 오빠하고는 상속문제로 시비가 엇갈리는 바람에 등을 돌린 지 오래였다. 간판을 달고, 광고를 하는 일까지 그가 거들어주었다. 심지어 자신의 주머니를 헐어 밥까지 사주며 책방 로비를 했다.

그러던 어느 날, 몹시 술에 취한 그가 여자의 원룸으로 찾아왔다. 그리고는 여자와 진지한 관계가 되고 싶다고 고백했다. 이렇게 사는 건 정말 지겹다고, 누군가와 함께 따뜻한 밥을 먹고 싶다며 눈물까지 글썽거렸다. 그날따라 그의 와이셔츠 솔기에는 묵은 때가 얼룩져 있었다. 또한 날이 선 바지도 입지 않았다. 여자는 그런 그를 선선히 받아주었다. 묵은 때가 낀 와이셔츠 때문이거나 아니면 날이 선 바지를 입지 않은 탓이었을까. 그는 일주일에 두 번 정도 여자와 짧은 시간을 보낸 뒤, 옷을 툭툭 털며 조용히 돌아갔다.

여자의 서점은 버스 승강장 바로 앞에 있었다. 그런 탓에 잡지를 비롯해 간혹 소설책과 시집을 찾는 손님이 많았다. 여자는 책방에 들른 사람들을 컴퓨터에 기록해 두었다가 사람의 취향에 맞는 책을 선별해 주었다. 그런데도 사람들은 신문과 잡지의 광고에서 보았던 책과 연예인의 뒤를 캐는 잡지에 먼저 손이 갔다. 그래서 서점에 들어온 사람들의 취향을 재빨리 파악한 뒤 책을 권했다. 차츰 그 방법이 먹혀들었다. 전면 유리창에는 손님을 유혹하는 문구를 붙여놓았다. 예를 들면, 잠이 오지 않을 때 보는 책, 우울할 때 보는 책, 죽고 싶을 때 보는 책, 연애할 때 보는 책, 이별 한 뒤에 보는 책, 남보다 튀고 싶을 때 보는 책, 실패 했을 때 보는 책, 가난하다고 생각할 때 보는 책 등이었다. 사실 고리타분한 타이틀인데도 불구하고 사람들은 위로를 받는 모양인지 심각한 표정으로 목록을 훑었다.

그러던 어느 날이었다. 낮부터 내린 비가 밤늦도록 멈추지 않았다. 그날은 무슨 일인지 그가 상가에 나오지 않았다. 한 번도 그런 일이 없던 사람이었다. 웬일인가 싶어 핸드폰을 몇 번 걸었다. 하지만 전원이 꺼져있었다. 서점을 정리하고 막 전등을 끄려는 순간이었다. 한 여자가 책방 안으로 들어섰다. 떡 벌어진 어깨, 그을린 얼굴, 흰 티셔츠에 청바지 차림이었는데, 보통 여자들 보다 커다란 체구를 하고 있었다. 여자는 경계를 풀고 그녀 앞으로 다가가 무슨 책을 찾고 있느냐고 물었다.

무슨 책이냐면 남의 남자 가로채는 여자 처리하는 책을 찾아.

그녀는 알아듣지 못하는 소리를 했다. 급기야 여자의 머리카락을 휘어잡더니 상가 밖으로 끌어내는 것이었다. 상가 안에 있던 사람들이 우르르 몰려나왔다. 그녀의 손이 여자의 뺨을 후려쳤다. 주먹으로 가슴과 복부를 치자, 여자의 몸이 물웅덩이에 처 박혔다. 그 때였다. 그가 헐레벌떡 뛰어 오고 있었다. 그리고 여자의 몸 위에 엉겨 붙어있던 그녀를 뜯어냈다. 금세 여자의 얼굴이 벌겋게 부어오르고 있었다. 엉금엉금 기어 서점으로 들어간 여자는 제대로 숨을 쉬지도 못했다.

뭣 하는 짓이야!

이제야. 나타나셨구먼. 내가 시퍼렇게 살아있는데 딴 짓을 하니? 누구 덕에 이 재산을 굴리고 사는데?

유치하게 왜 이래. 집에 가서 이야기 해.

순간, 그녀의 손이 그의 뺨을 쳤다. 그때서야 여자는 사태를 파악할 수 있었다. 매번 그가 짧은 성애를 마치고 성급하게 돌아가야 했던 집, 그 집 주인이 바로 그녀였던 것이다. 세탁소 여자를 비롯해 문구점 여자, 꽃집 여자들이 어금니를 앙 물고 서 있는 그의 얼굴과 그녀의 얼굴을 번갈아보며 희열에 들떠 있었다. 가뜩이나 장사도 안 되는데, 싸우는 모습을 보았으니 결코 공치는 날이 아니었다는 표정들이었다. 여자가 흘러내린 피를 닦아내며 일어났다. 그와의 관계를 곧 끝내야겠다고 마음을 굳힌 것이다. 그리고는 어둠 속을 홀로 걸어 나아갔다. 여전히 비는 내렸고, 몹시 바람까지 불었다. 여자의 찢겨진 옷 사이로 빗물이 스며들었다.

그런데 여자의 몸에 새 생명이 똬리를 틀고 있었다. 그와의 관계가 연리지처럼 붙어버린 사실을 알았다. 하지만 가지고 있던 돈의 전부를 모두 쏟아 부은 서점을 쉽게 정리 할 수 없었다. 생각처럼 인솔자가 쉽게 나타나지 않았다. 투자한 원금은 건져야 한다는 생각에 마땅한 인수자가 나타날 때까지 기다렸다. 그러는 사이에 몇 번인가 그의 아내가 나타나 서점을 난장판으로 만들었다. 그리고 점점 배가 불러왔고, 혼자 우를 낳았다. 하지만 여자는 웃었다. 팽팽한 싸움에서 여자가 당당하게 이겼다는 안도감이 들었다. 어린 핏덩이가 무슨 힘이 있었겠는가. 하지만 여자는 사뭇 달라진 자신을 발견했다. 우를 들여다보고 있으면, 뼈근하게 가슴이 저려왔다.

우가 태어나자, 그는 날마다 아기 용품을 사들고 여자의 집을 배회

했다. 드러내놓고 자신의 아이라고 말할 수도 없는 처지였지만, 외면할 수도 없었다. 아이를 자신의 호적에 올리지도 못하는 상황을 몹시 괴로워했다. 그는 결코 아내의 시선에서 벗어날 수 없었다. 부부의 인연을 소중하게 생각해서라기보다는 오랜 세월 더블유에게 길들여져 있었던 탓이었다. 여자는 서둘러 헐값에라도 책방을 정리하고 그들에게서 벗어나려고 했다. 하지만 그와 우 사이에 흐르는 끈끈한 무엇이, 존재한다는 사실을 발견했다.

아주 잠시 그와 여자 그리고 우는 숨어 지냈다. 남들 눈에는 몹시 단란한 가족으로 비춰졌다. 적어도 더블유가 여자와 우를 발견하기 전까지는 그랬다. 날마다 세이콤 경보기를 올려놓고 밥을 먹고 잠을 잤다. 하지만 그 평화는 아주 잠시 동안이었다. 더블유가 여자를 찾아낸 것이다.

아파트 거실에는 세 명의 사진이 걸려 있었다. 양란은 화사한 꽃망울을 터뜨리고 있었다. 엉덩이에 잔뜩 살이 오른 사내아이가 동화책을 열심히 읽다가 놀란 눈으로 더블유를 바라보았다. 그의 눈동자를 닮은 아이였다. 우악스럽게 집안으로 달려들던 더블유는 눈에 보이는 집기들을 집어던지기 시작했다.

이젠 독립하고 싶어. 당신에게서 벗어나고 싶단 말이야.

뭐라고? 독립! 무슨 독립.

당신은 지금 정상이 아니야.

더블유가 움켜쥔 주먹으로 여자의 배를 사정없이 쳤다. 여자가 더블유를 피해 욕실로 들어갔다. 하지만 밀치고 들어오는 더블유의 몸에 부딪쳐 욕조 안으로 나동그라졌다. 또다시 더블유의 주먹과 발길질이 날아들었다. 턱턱 숨이 막혔다. 여자의 비명이 집안 가득했다. 우가 욕실 문을 붙들고 겁에 질려 울기 시작했다. 그런데도 더블유의 주먹은 여자의 배를 몇 번이고 더 강타했다. 여자가 입고 있던 치마에 붉은 핏물이 스며들었다. 그 모습을 본 우가 자지러질 듯 울어댔다.

우야, 어서 방으로 가. 어서 네 방으로 들어가.

멈추지 않고 커다란 더블유의 손이 여자를 향해 날아들었다. 머릿속이 흔들렸다. 입안에 고인 핏물이 흘러나왔다. 여자는 몸을 축 늘어뜨린 채 쓰러졌다. 여자는 희미한 의식 속에서도 우를 생각했다. 우가 보고 있으면 큰일이었다. 그런데 우의 울음소리가 뚝 멎어 있었다. 여자는 필사적으로 몸을 일으켜 더블유의 가슴을 주먹으로 냅다 쳤다. 그러자 커다란 더블유의 몸뚱이가 힘없이 좌변기 쪽으로 나동그라졌다. 그 사이, 여자는 우를 데리고 차 키가 들어 있는 가방을 들고 도망쳤다. 아파트 계단을 내려와 주차장으로 뛰어갔다. 시동을 거는 순간, 성큼성큼 더블유가 아파트 입구에서 나오고 있는 모습이 보였다. 여자는 핸들을 꺾어 출구 쪽으로 내달렸다. 그때, 마주오던 차와 정면으로 충돌했다. 그리고 모든 게 캄캄해졌다.

여자가 차 문을 열고 밖으로 나섰다. 두 다리가 후들거렸다. 천천히 청동상 앞으로 걸어갔다. 그런데 청동상이 그녀를 노려보았다. 가슴이 쿵쿵거렸다. 석조 위에 서 있는 청동상의 두 눈은 살기마저 느껴졌다. 마치 혈이 돌 것 같은 꿈틀거림이 느껴졌다. 바짝 다가선 여자가 눈을 크게 치켜뜨고 다시 보았다. 얼마 전, 케이의 작업실에서 보았던 청동상의 눈빛과 같았다. 케이가 만들고 있는 토우의 모델은 극악한 짓을 저지른 사람들이라고 말했다. 여자는 점점 청동상의 눈빛 속으로 빨려들고 있었다. 각진 이마와 날카롭게 치켜든 눈썹, 그리고 꽉 다문 입술, 가름한 얼굴선, 분명 낯이 익었다. 그 얼굴은 케이를 닮아있었다. 아니, 진시 황릉에서 출토된 문관용 토우의 얼굴이 느껴졌다.

문관용은 진시 황릉의 내성 안쪽에 위치한 갱에서 발견된 토우였다. 그러고 보니까, 케이의 작업실에 서 있던 토우들과 청동상은 하나같이 진시 황릉에서 발견된 모양새를 하고 있었다. 여자는 케이의 설명을 들었을 때만해도 별스럽지 않게 생각했다. 여자는 오직 더블유만 제거하면 그만이었다. 진시 황릉과 문관용 따위에는 아무런 관심이 없었다. 케이를 몇 번 만나 계획을 나누는 동안, 그는 이 천년 동안 잠들어있던 토우에 대한 이야기를 중얼거렸다. 그래서 어쨌다는 것인지, 여자는 그런 것에는 전혀 흥미가 없었다. 케이가 가져온 자료를 펼쳐 보면서도 귀찮기만 했다. 그런데도 케이는 진시 황릉에서 나온 토우에 관한 자료를 잔뜩 건네주고 갔다. 도무지 23번 토우에 어떻게 영혼을 불어넣을 셈인지 알 수가 없었다.

진시 황릉에서 나온 토우와 청동상에 대한 지식은 구태여 케이가 말하지 않아도 알고 있었다. 서점을 개업하고 얼마 후였다. 진시황제에 대한 열풍이 불었다. 더구나 대도시를 중심으로 진시 황릉에서 발굴한 유물전시를 열었던 탓에 책이 쏠쏠 팔렸다. 약 2200년 전, 기원전 3세기 후반의 인물이었던 진시황제의 불가사의한 이야기가 세상에 드러나면서 그 여파가 한국에까지 밀려들었던 것이다. 하지만 케이처럼 커다란 의미를 부여한 사람은 그리 흔하지 않았다. 진시황제는 자신의 지하 무덤을 지키기 위해 실제 크기의 수비대와 동물 모형과 마차, 심지어 궁궐에 있던 신하들의 모형을 그대로 본떠 토우를 제작해 묻었다. 그런 데 수천 년이 흐르는 동안 까마득하게 묻혀 있다가 세계인의 주목을 끌었던 것이다. 무엇보다도 케이가 관심을 보인 것은 진시황제가 사후의 세계에 심취했었다는 사실이었다. 지금의 샨시 지방에 영묘를 만들기 위해 36년 동안 70만 명이나 되는 사람들을 동원했다니 엄청난 사업이었던 것이다. 진시황제가 중국을 최초로 통일했고, 부와 권력 그리고 명예를 소유했으면서도 영혼이 쉴 집을 짓기 위해 그토록 안간힘을 썼다는 게 놀랄 일이었다. 알고 보니 왕좌를 상속 받은 13세 때부터 영혼의 안식처를 짓기 시작했다. 그런 행각은 재위 12년 동안 전국을 순행하는 동안에도 계속되었다. 그로부터 이천 년이 훌쩍 지난 지금, 진시황제의 유물을 보면서 저마다의 안식처를 꿈꾸고 있는지도 모를 일이었다.

여자가 진시황제 유물 중에서 유독 문관용(文官俑)을 기억하는 것은, 그 토우의 눈을 본 사람들 중에는 신비로운 경험을 체험했다는 이야기가 떠돌았기 때문이었다. 문관용 토우는 진시황제 가까이에서 서사(書寫)를 기록했던 인물이었다. 문관용의 눈을 보고 기적이 일어났는데, 몸이 아픈 사람이 병이 낫는가하면, 일이 꼬였던 사람들은 실마리를 찾아 성공했다는 것이다.

우를 잃었다는 분노는 여자를 잔인하게 만들었다. 급기야 더블유를 제거하기 위해 구체적인 계획까지 세웠다.

케이를 만나가로 한 그날, 여자는 우의 장난감을 부둥켜안고 몇 시간 동안 울었다. 구석구석 우의 그림자가 묻어 있는 공간은 더 이상 집이 아니었다. 아파트를 빠져나가 6차선 도로와 연결되어 있는 네거리에서 우측 깜빡이를 넣었다. 압구정역에서 이백 미터 쯤에 있다는 약속 장소를 쉽게 찾을지 걱정이 되었다. 언제나 케이와의 미팅은 아파트 근처 커피숍에서 이루어졌는데, 작업실에서 만나자고 했던 것이다. 어떻게 토우를 만드는지 보여주고 싶다고 했다. 사실 약속 장소를 정확하게 알지는 못했다. 그래서 약속 시간 한 시간 전에 출발했다. 케이는 핸드폰이나 사무실 전화를 사용하지 않았다. 핸드폰 복제와 전화기 도청은 일반인들도 암암리에 이루어지고 있으니까 조심하자는 것이었다. 그래서 더 믿음이 갔다.

여자는 케이를 인터넷에서 알게 되었다. 우를 잃고 미친 사람처럼 지내던 여자는 복수심에 불타 있었다. 그래서 틈만 나면 인터넷에 매달려 살았다. 어렵게 인터넷 속에 케이를 소개 받을 수 있었다. 케이는 '인간사랑'이란 회사의 대표였다. 인간사랑, 정말 그의 직업에 딱 어울리는 로고였다. 케이는 역할 대행업을 한다고 했다. 좀 더 솔직하게 설명하자면 청부업을 하고 있는 것이었다. 모든 대화는 은어로 대신했다. 그래야만 사이버 경찰수사대의 범망을 피할 수 있다고 했다. 인터넷상이었지만 첩보 영화를 방불케 할 만큼 긴장감이 돌았다. 서로를 신뢰하지 못하기 때문에 조심스럽게 접근이 이루어졌다.

한남대교를 지나 압구정동 쪽으로 차를 몰았다. 압구정역을 지나 가로수 길 쪽으로 들어가라고 쓰여 있는 메모를 한참을 들여다보았다. 어디가 어디인지 방향감각이 없었다. 그 때, 차창 유리에 빗방울이 뚝뚝 떨어졌다. 일단은 유료 주차장에 정차시키고 약속 장소를 찾아가는 게 빠를 듯 했다. 좁은 골목길로 접어들었지만 주위를 뱅뱅 맴돌았다. 핸들을 반대 방향으로 꺾어 편의점을 지나 문을 닫은 카페 앞을 지나갔다. 생각처럼 유료 주차장을 찾는 것도 쉽지가 않았다. 밀집해 있는 주택가 쪽으로 좀 더 깊숙이 들어갔다.

여자는 약속 시간을 이미 30분이나 넘기고 있었다. 주택가 빈터에 차를 주차시키고, 식당이 줄지어 서 있는 상가 쪽으로 걸어 들어갔다. 그런데 상가 유리창마다 검은 색으로 코딩을 해서 그런지 인테리어가 독특하단 생각이 들었다. 정원에 무덤을 만들어 놓고 사는 일본의 작은 도시를 걷고 있는 기분이었다. 웬일인지 지나가는 사람들도 없었다. 중국 음식점을 지나, 인도 음식점, 그리고 일본 음식점을 스쳐 지나갔다. 드디어 '인간사랑'이란 작은 아크릴 간판이 눈에 들어왔다. 글씨체가 너무 작아서 고객들이 쉽게 찾을 수 있을 것 같지 않았다. 그나마 고생을 덜고 케이의 사무실을 쉽게 찾았다는 우쭐함 때문인지 마치 보물찾기에서 성공한 기분이었다.

둥그런 쇠 턱이 촘촘하게 박힌 나무 계단을 내려가자, 방음장치가 설치된 문이 나타났다. 잠근 장치가 무려 3개나 설치되어 있었다. 벨을 길게 눌렀다. 냉기가 풀썩 발아래에서 올라왔다. 오싹한 기운이 등줄기를 타고 아래로 흘러내렸다. 문이 열리고 검은 작업복 차림의 케이가 눈을 비비며 나타났다. 케이는 여자를 기다리다가 그만 깜박 잠들었다고 했다. 안으로 들어서자, 흙냄새와 약품 냄새가 뒤섞여 날렸다. 몇 개의 조명등이 천정에 매달려 있었다. 흐릿하게 보였던 물체들이 점점 선명하게 떠올랐다. 여자는 오래된 무덤 속이라도 걷는 기분이 들었다. 양쪽으로 나란히 줄지어 서 있던 토우들은 험악한 표정을 짓고 있었다.

여자가 벽을 따라 들어섰다. 뒤를 따라오던 케이가 겁먹을 거 없다고 말했다. 더 깊숙이 안으로 들어가자, 테이블이 희미하게 보였다. 케이가 조명 스위치를 올렸다. 그러자 컴컴했던 주위가 갑자기 환해졌다.

와! 이것들이 모두 당신 작품들인가요?

그렇소.

다양한 모형들로 가득하군요.

여자가 눈을 휘둥그레 뜨고 토우를 보았다. 여기저기에 크고 작은 토우들이 빼곡하게 들어서 있었다. 작은 것은 이십 센티미터 정도였고, 큰 것은 이 미터는 족히 되어보였다. 서 있는 토우들은 제각기 다른 표정을 짓고 있었다.

작품의 샘플들이지. 하지만 여기에 있는 토우는 속이 텅 빈 것들이야. 사형장의 이슬로 사라진 죄수의 형상을 한 것도 있고, 텔레비전이나 잡지에서 보았던 수배자의 얼굴도 있지. 하지만 확실한 것은 진시황릉에서 출토된 토우의 기법을 차용했다는 거야. 머리를 몸과 분리해서 만들었으며, 공기구멍을 몸통이나 사타구니 쪽에 터놓음으로 해서 흙이 갈라지는 것을 막을 수 있었지. 확실한 것은 죄를 지은 자들의 얼굴만 빚었다는 거야. 모두 지친 영혼을 담아내지 못해 울부짖는 모습들이 보이지 않는가. 아직은 모두 허깨비들이야. 당신은 토우에 대해 어느 정도 알고 있지? 단지 토제의 인형 정도라고 알고 있는 건 아니야? 고대의 토우는 주술용의 우상으로 만들거나 무덤에 넣기 위한 부장용 토우, 그리고 장난감용으로 사용했던 토우가 대부분이었지. 흙뿐만 아니라, 돌과 뿔 그리고 뼈를 이용해서 만들기도 했어. 지금 내가 만들고 있는 토우는 이런 토우의 개념과는 약간 달라. 만드는 방법도 다르지만 부장용과 주술용을 겸하고 있어. 부장용 토우는 죽은 자의 봉사자이며, 무덤에서 시중은 드는 자라서 무사(武士)나 기예 (技藝)를 제작해서 묻어버리지. 주술적인 경우 유방이나 엉덩이를 과장하여, 아이를 잉태한 여자의 모습으로 나타내기도 해. 또한 그것은 풍요를 비는 대지의 여신을 의미해. 출산의 신비나 존경심을 의미하는 것으로 봐야 해. 하지만 현실은 그런 토우가 가당키나 한가. 나는 세상의 모든 고통을 짊어지고 갈 운명을 타고 난 사람이야.

여자는 케이에게 도시 한복판에 이런 사무실을 차려 놓는다는 게 불안하지 않느냐고 물었다. 그러자 그는 이곳은 토우를 전시하는 것일 뿐, 그 이상도 그 이하도 아니라고 했다. 본 게임을 하는 작업실은 따로 두고 있다는 것이었다.

여자는 갑자기 싸늘한 기운을 느꼈다.

내가 당신의 일을 깔끔하게 처리해주면 당신도 나를 도와줄 수 있는가.

무슨 일인데요.

아주 간단하지. 내 영혼이 쉴 수 있는 집을 찾고 있어. 사실 23번 토우를 이용해 내 집을 지을 생각이야.

무슨 말씀인지 알아들을 수가 없어요.

나는 이곳에 믿을 사람만 부르지. 내 계획에 협조해줄만한 사람 말이야. 이곳을 찾아오는 길목이 미로처럼 뒤엉켜 있어서 쉽게 길을 찾을 수가 없어. 인간 사랑이란 푯말도 꼭 필요할 때만 걸어두지. 당신이라면 내가 만들고 있는 토우를 이해할 수 있을 것 같아. 그리고 당신은 절대로 나를 배신할 것 같지가 않아.

한마디로 노우! 에요. 저는 단지 더블유를 처리하면 그만이에요. 필요한 돈을 모두 주겠어요. 감쪽같이 처리만 해주세요. 그이한테도 비밀로 하고 싶어요. 그러니까 일을 어렵게 만들지 말아요.

여자의 목소리가 점점 높아졌다.

앞으로의 계획에 대해 말해줄 수 있나요?

더블유를 닮은 토우를 제작한 뒤에, 그 본으로 거푸집을 만들고 동을 녹여 청동상을 만들 거야. 그리고 그 속에 영혼을 담아 무궁화 공원에 세우면 끝이야.

어떻게 한다는 것인지 알아들을 수가 없군요.

여자는 케이의 말을 이해하지는 못했지만, 우의 원한을 풀어줄 수만 있다면 그 어떤 일도 감수할 생각이었다.

처음엔 다들 몹시 두려워하지. 이런 부탁을 하는 사람들 대부분은 스스로를 지키지 못해서 찾아온 사람들이야. 겁먹을 것 없어. 내가 살기 위해서는 어쩔 수 없지. 내가 이런 일을 하기 전, 나도 당신처럼 누군가에게 나의 고통을 의뢰했던 적이 있었지. 아주 오래전 일이야. 내가 의뢰한 사건은 양부모를 제거하는 일이었어. 우리 삼남매를 키우겠다고 자청한 그들은 어찌나 우리를 학대했는지 몰라. 동생들을 위해서

라도 내가 하지 않으면 안 될 일이었어. 여동생은 양아버지로부터 성적 학대를 당했어. 양어머니는 이유를 불문하고 우리를 사정없이 매질했어. 그들은 정말 저질들이었지. 그들을 제거하는 일이야 말로 내가 이 땅에 태어난 역사적 사명이라는 의식까지 들었으니깐 말이야. 그러던 어느 날부터인가 나는 토우를 만들기 시작했어. 사실 토우가 뭔지 어찌 알았겠어. 손재주가 남달라 무엇이든 만드는 일을 좋아했던 것뿐이었어. 처음엔 문방구에서 사온 찰흙으로 인형을 만들어 책상 위에 올려놓았어. 그런데 그게 나의 천직이 될 줄이야 어찌 상상이나 했겠어. 꽉 찬 스무 살이 되던 해였던가. 역사적인 거사가 이루어졌지. 일이 성공하기까지 몇 번의 고비를 넘겼어. 나도 인두겁을 쓴 인간인데 왜 양심의 가책을 받지 않았겠어. 난 멈추지 않고 토우를 빚었어. 그래서 지금의 내가 되었던 거야.

여자는 무엇에 홀린 듯 넋이 나가 있었다. 자신에 찬 케이의 목소리 때문인지 잔뜩 주눅이 들었다. 케이의 눈동자 안에는 검은 돛대를 단 배 한 척이 둥둥 떠 있기라도 한 듯 검은 물빛이 가득했다. 여자는 뒷목이 뻣뻣해지고 다리가 후들거렸다.

그럼 당신은 조각가인가요?

여자가 조심스럽게 말했다.

그렇다고 볼 수 있지. 제거된 캐릭터의 표정과 똑같은 토우를 만들어 고온에서 구워내지. 물론 그 토우 안에는 박제된 영혼이 담겨져 있어. 흔한 작업은 아니야. 일본이나 상가포르 그리고 대만으로 팔려 나가는 토우들은 대형 작품들이지. 병원이나 사무실의 실내장식으로 쓰이기도 하고, 개인이 소장하기도 해. 주문에 비해 물량이 턱없이 부족하지. 작품의 재료는 당신처럼 부탁해오는 사람들이 많을수록 다양해지는 거야. 캐릭터의 얼굴 표정은 어떤 죄를 지었느냐에 따라 일그러지는 정도가 달라져. 인간이 어쩌면 그런 짓을 저질렀을까 하고 혀를 내두를 정도의 죄를 지은 자의 얼굴이야말로 작품의 극치를 맛볼 수 있으며 고가로 팔려나가. 알고 보면 그들은 나약한 겁쟁이들이야. 정신병을 앓고 있다고 해도 과언은 아니야. 그래서 그들은 잔인한 무기로 자신을 포장하곤 해. 나를 비롯해 두 명의 동생들은 고통스러워하는 토우의 얼굴이 나올 때마다 몹시 희열을 느껴. 일종의 정신적 치유라고 생각해도 좋아. 에이 더러운 놈들.

갑자기 케이가 혀를 끌끌 차더니 카페 바닥에다 침을 홱 뱉었다. 그리고는 눈동자를 돌려 옆을 째려보았다. 여자는 케이의 행동이 이상하다 싶으면서도 개인적 취향이려니 했다.

그럼 제거된 사람들을 어떻게 처리한다는 건가요?

영원히 토우 속에 갇히게 돼. 구천을 떠도는 영혼은 결코 쉴 집이 없게 되는 거야. 모든 작업은 한적한 곳에 있는 가마에서 두 동생이 맡아서 하고 있지. 매우 신비한 일은 많은 사람들이 완성된 토우 앞에 서 있으면 행복해한다는 것이야. 죽을 것 같이 괴로웠던 사람들도 토우를 바라보면 기분이 업 된다는 것을 알 수 있지. 특히 어려서부터 학대를 받았다든가, 죽음의 위협을 당한 사람들은 반응이 빨리 오지. 그런 사람들이 인터넷 상에서 손을 잡기 시작했어. 당신이 여기까지 오는 데 만났던 사람들도 모두 피해자들이야. 그들도 토우를 하나씩 소장하고 싶어 하지만 완성된 토우는 겨우 스물두 개뿐이야. 영혼을 조각으로 나눌 수가 없기 때문에 하나의 토우에 한 개의 영혼만 심는 게 나의 철칙이지. 하지만 23번의 토우에는 내 영혼을 심을 작정이야. 강력한 카타르시스를 느낄 수 있는 토우가 완성될 것이야. 23번 토우가 완성되면 당신에게 받은 계약금을 돌려 줄 수도 있어. 하지만 당신이 제거해달라는 더블유는 죄질이 약한 편이라서 좀 걱정이지.

죄질이 약하다니요? 그녀가 나에게 어떤 짓을 했는지 듣고도 그러세요?

그녀는 집착증에 가까운 의부증이라고도 볼 수 있는데, 흔한 병이지 않는가. 특별할 것도 없고. 더욱이 그 죄질이 약해서 토우의 표정이 기대에 못 미칠 수 있어. 악질들이 세상에서 하나 둘씩 사라질 때마다 밝은 기운이 솟는 것을 느낄 수 있어. 내가 하는 일은 인류 평화를 위한 일이야. 자, 내 손을 잡아봐.

케이의 손은 무섭도록 차가웠다. 여자는 케이가 던진 인·류·평·화라는 말을 다시 한 번 곱씹어 보았다.

결코 부담주진 않겠어. 조금만 도와주면 돼. 당신을 처음 만나던 순간, 왠지 감이 왔어. 당신이라면 나를 도와 줄 수 있을 것만 같았어.

케이는 다른 방안으로 들어갔다. 그리고 여자에게 그곳으로 들어오라고 손짓했다. 여자가 들어간 공간은 토우 소품을 만드는 작업실이었다. 흙과 작업도구들이 여기저기에 나뒹굴고 있었다. 작업대에는 반쯤 만들다만 토우가 일그러져 있었다. 작업실 내부는 훨씬 밝았다. 케이가 흙덩이를 뛰어넘어갔다. 하얀 천으로 둘러싸인 물건 앞에 서더니 천을 와락 벗겼다. 미완성으로 보이는 토우가 나타났다. 처절하게 슬픈 눈빛, 두려움에 떨고 있는 입술, 미세한 경련이 일어날 것 같은 앙상한 볼, 모두가 케이와 더블유, 아니 여자의 얼굴을 닮아 있었다.

당신 얼굴이군요. 아니 더블유의 얼굴이군요. 아니, 내 얼굴을 닮은 것 같기도 하군요.

여자가 나직하게 말했다.

토우의 머리 뚜껑을 열면 속이 텅 비어 있지. 머리만 비어 있는 게 아니야. 사타구니 성기 끝 부분은 작은 구멍이 뚫려 있어. 가마에 구울 때 터짐을 막기 위한 숨구멍을 만든 것이야. 사소한 물건들조차 숨구멍이 있는데 하물며 흙의 숨구멍을 막아 놓으면 어떻게 되겠는가. 가마에서 구워낸 토우는 캐릭터의 분진이 들어가 있을 곳이야. 그래서 금이가면 안 되지. 그리고 마지막으로 토우를 청동으로 마감을 해. 무궁화 공원은 내 고향이 보이는 곳이야. 그곳은 내 소유야. 앞으로 그곳에다 영혼이 쉴 수 있는 공원으로 만들 작정이야. 그곳에 세워진 청동상은 영혼을 잃은 사람들에게 평화를 줄 거야. 23번 토우는 그 어떤 것보다 강력한 빛을 내 뿜게 될 거야. 샘플들의 표정을 보라. 간절히 누군가를 기다리고 있는 것 같지 않는가.

당신이 점점 무섭군요.

케이는 한쪽 구석에 만들다만 토우를 손가락으로 가리키며, 24번 토우가 될 거라고 했다. 곧 24번, 25번, 26번, 27번 토우를 빚을 예정이며, 이것들은 해외로 나갈 것이라고 덧붙였다.

무궁화 공원, 나의 영원한 안식처. 그곳에는 이미 22번 토우가 세워져 있어. 약도를 줄 테니까, 한 번 찾아가봐라. 그런데 주의해서 볼 게 있어. 서 있는 청동상의 다리 사이 즉 성기가 있는 부위를 잘 살펴봐. 그곳에 작은 구멍이 있는 데 이쑤시개 크기 정도의 구멍이 뚫려있어. 그곳은 영혼이 빠져 나오는 곳이야. 손가락으로 비벼보면 하얀 분진이 묻어나는데 그게 바로 영혼이 만들어낸 꽃이야. 그 영혼의 노래를 듣게 되면 당신은 분명 살고 싶다는 희열을 맛보게 될 거야. 나에게 일 맡긴 것을 결코 후회하지 않을 거야. 자, 여기 미완성인 24번을 보라. 당신이 주문한 더블유의 토우보다 먼저 시작했으나, 당신의 고통스러워하는 눈빛 때문에 차일피일 미루고 있어.

24번 토우는 전문 카드깡을 하고 있는데, 연체료를 갚지 않으면 인신매매를 하거나 살인을 서슴없이 저지른 인물이야. 25번 토우는 돈냄새를 맡고 있는 듯 탐욕스러운 얼굴 표정으로 빚을 거야. 돈을 벌기위해 살인을 밥 먹듯이 저지른 위인이지. 몹시 매력적인 캐릭터라고 생각되지 않는가. 26번 토우는 개인의 정보를 훔쳐서 선량한 사람들의 등을 쳐서 먹고 사는 인간이야. 입수한 정보를 이용해 얼토당토않게 돈을 뜯어내는 자야. 그도 곧 제거 될 것이야. 26번 토우의 눈을 다른 어떤 토우에 비해 광채가 뿜어져 나도록 제작하려고 해. 27번 토우는 나이가 많은 여자야. 그 늙은 여자를 제거해달라고 부탁하는 사람은 바로 여자의 딸이야. 30년 동안 가출 여성들을 이용해 화대를 뜯어먹고 살았어. 늙은 여자의 입술은 어린 영혼을 빨아먹는 흡혈귀의 입술처럼 피돌기를 돌출시켜서 제작할 작정이야. 청탁해오는 의뢰인의 진술이 거짓일 수도 있기 때문에 철저하게 뒷조사를 해. 당신이 부탁한 캐릭터의 뒷조사도 이미 끝냈어. 더블유는 당신말대로 불임이었어. 남편의 아이를 낳은 당신을 죽이려고 이미 손을 쓴 상태였어. 그놈의 혈육이 뭔지. 내 양부모도 불임이었는데, 졸지에 고아가 된 우리 형제들을 입양하고도 시험관 아기 시술을 여러 번 시도했지. 그 때 내 나이 여덟 살, 동생이 여섯 살, 그 밑 여동생이 네 살이었어. 우라질, 내 친부모는 생각하고 싶지도 않아. 어머니가 병으로 돌아가시자, 아버지는 우리를 버리고 사라졌어. 살아 있다면 언젠가는 만나겠지만 결코 만나고 싶지 않아. 양부모는 우리를 하나님의 선물이라며 처음에는 몹시 좋아했어. 한꺼번에 셋이나 되는 애들을 얻었으니 말 그대로 축복이었지. 그런데 그들은 멈추지 않고 애를 낳으려고 노력했어. 그런 노력에도 불구하고 임신에 성공하지 못하자, 결국 우리에게 그 화살이 돌아왔어.

여자는 숨조차 제대로 쉴 수가 없었다. 정말 케이의 말이 사실인가도 싶었다. 그 때 창고 같은 곳에서 뭔가가 부스럭대는 소리가 들렸다. 케이가 그 곳으로 다가가더니 문을 발로 꽝하고 찼다.

당신이 할 일은 23번 토우 캐릭터를 불러내 감정이 극에 치닫도록 신경을 자극하는 거야. 쉽게 말하면 그 여자가 가장 잔혹한 감정에 치닫도록 하는 것이야. 싸움을 해도 좋고, 흉기를 사용해서 협박을 해도 좋아. 그 찰나에 내가 그녀에게 수면제 들어있는 주사를 놓겠다. 현실에 대한 애착이 많은 여자라서 쉽게 죽여서는 안 돼. 그 나머지는 내가 알아서 하겠다.

악에 받친 감정이라니 어렵군요. 점점 자신이 없어져요.

캐릭터의 뇌에 적신호가 들어왔을 때 숨통을 끊어놓아야만 영혼의 꽃이 하얗게 피지. 미친 짓이라고 생각할 수도 있을 것이다. 6번과 10번 그리고 19번 토우가 우연하게도 의뢰인과 격렬하게 싸우는 동안 숨을 끊어놓았는데 신기한 일이 벌어졌어. 그 토우 앞에 서면 다른 토우에 비해 커다란 카타르시스를 경험해. 내 영혼의 꽃이 피는 토우를 만들고 싶어. 내 눈 밑에 드리운 검은 그림자를 보라. 양부모에게 빼앗긴 영혼을 전부 돌려받지 못해서 생긴 흔적들이야. 그러니까, 이곳을 나가는 대로 무궁화 공원을 찾아가보도록 해. 그곳에 가면 내 말을 곧 믿게 될 것이야.

여자는 거무스름한 케이의 눈 밑을 올려다보며 벌벌 떨고 있는 손을 맞잡았다. 그때였다. 굳게 닫혀 있던 옆방의 문이 갑자기 덜컹거리더니 신음 소리까지 났다. 그 소리는 짐승의 신음소리에 가까웠다. 여자가 동그랗게 눈을 뜨고 그 쪽을 향해 시선을 던졌다. 그러자 케이가 커다란 토우를 그 문 앞에 세워두었다. 다시 잠잠해졌다.

그 안에 누가 있나요?

아무 것도 아니야. 신경 쓸 것 없어.

사실 여자는 더블유를 만나 피터지게 싸울 자신이 없었다.

좀 더 생각해 봐야겠어요. 당신이 했던 말처럼 영혼의 꽃을 피운다는 말도 생소하고 섬뜩해요. 그렇다고 제 계획이 변했다는 것은 아닙니다. 좀더 시간을 주세요.

이미 주사위는 던져졌다. 싫든 좋든 일을 처리해야 해.

갑자기 케이가 바지 주머니에서 접혀 있는 나이프를 꺼내들었다. 그리고 숨도 돌릴 사이도 없이 나이프를 세워 자신의 손가락을 베었다.

붉은 피가 솟구치며 아래로 주르르 흘러내렸다.

무슨 짓이에요?

난 다른 사람들과 달라. 23번 토우는 마치 피돌기가 살아있는 토우를 만들 거야.

여자는 도망치듯 그곳을 빠져나오기 시작했다. 막 지하 문을 밀고 나오는 순간이었다. 문이 덜컹거렸다. 그러자, 앞에 있던 토우가 퍽하고 깨지면서 뭔가 밖으로 튕겨 나왔다.

아직도 살아 있었군.

제발 살려 줘요. 이곳에서 꺼내 줘요.

울부짖는 남자의 목소리가 들려왔다. 그러자 케이가 문을 열고 안으로 들어갔다. 여자는 그 곳을 빠져 나와야 한다고 생각했다. 그런데 긴 쇠갈고리 같은 바람이 목덜미를 자꾸 잡아당겼다. 입구로 향하는 계단을 몇 칸 올라섰을 때였다. 도무지 발이 떨어지지 않았다. 안에서 결투라도 벌이고 있는 모양인지 시끄러웠다. 토우가 퍽하고 부서지는 소리가 들려왔다.

여자는 석회 벽을 기대고 서서 가슴을 쓸어내렸다. 그 때, 갑자기 발바닥이 묵직해졌다. 아래를 내려다봤다. 끈적끈적한 액체가 벽 쪽에서 흥건하게 흘러나오고 있었다. 송진처럼 생긴 액체였다. 발을 들어 올리자, 끈적끈적한 것이 들러 붙어있었다. 케이를 만나기 위해 지하로 들어갈 때만해도 없었던 것이었다. 여자는 문 쪽을 향해 고개를 돌렸다. 날카로운 비명이 문틈을 비집고 흘러나왔다. 순간, 피투성이가 된 케이의 모습이 나타났다. 소스라치게 놀란 여자는 계단을 뛰어오르기 시작했다. 그런데 입구가 서서히 닫히고 있었다. 흙벽돌 무늬가 그려져 있는 서터가 내려오고 있었다. 여자는 온힘을 다해 발버둥 쳤다. 하지만 신발이 바닥에서 떨어지지 않았다. 출구에서 쏴하고 바람이 불어왔다. 여자는 신발을 벗고 맨발로 뛰기 시작했다. 문은 사람 하나 빠져나갈 정도의 틈새만 남아 있었다. 바짝 엎드려 다리부터 밀어 넣었다. 여자가 아래를 내려다보았다. 계단 밑바닥에 쓰러져 있는 케이의 몸이 희미하게 보였다. 비릿한 피비린내가 날렸다.

고름이 흐르는 더러운 인간들의 몸을 만지기가 싫어. 당신이 도와주지 않으면 난 죽은 영혼과 결합할 수밖에 없어. 세상을 구원하겠다는 거. 무슨 조화속인지 몰라도 선과 악은 톱니바퀴처럼 맞물려가고 있어. 악의 구렁텅이에서 나를 건져내는 일은 하얀 영혼의 꽃을 피우는 일이야.

알아들을 수 없는 말을 중얼거리던 케이가 그 자리에 푹 쓰러졌다. 정신을 잃은 게 분명했다. 여자는 서터 틈에 끼어 있었다. 서터는 더 이상 내려가지 않았지만 무게를 감당하기 힘겨웠다. 완전히 틈새에 끼어 있는 꼴이었다. 계단은 마치 무덤으로 들어가는 긴 터널처럼 보였다. 여자가 바짝 엎드려서 몸을 뺐다. 그리고 그곳을 빠져나와 무조건 택시를 잡아탔다. 온몸은 땀으로 흥건했다. 차를 어느 곳에 주차했는지 생각조차 나지 않았다.

지금 여자는 케이의 작업실에 있었던 일을 떠올리며 가슴을 쓸어내렸다. 진사황릉에서 출토된 토우는 속이 텅 비어 있던 것과 달리, 이곳 청동상은 속이 꽉 차있었다. 더구나 토우의 눈동자가 보는 위치에 따라 느낌이 달랐다. 정면에서 보았을 때는 예리한 칼날 빛이 뿜어져 나왔고, 측면에서 보면 수심이 가득하게 보였다. 머리에는 긴 관을 쓰고 상 반신은 두 겹의 긴 저고리와 하반신은 긴바지를 입고 네모난 형태의 발판 위에 서 있었다.

그때였다. 그 무엇인가가 여자의 눈에 들어왔다. 다리와 다리 사이, 정확하게 말하면 성기부분이었다. 그 부위가 도드라져 있었다. 더구나 귀두부분에 동그란 단추처럼 생긴 것이 매달려 있었다. 여자가 그것을 잡아당기자, 하얀 분말이 주르르 쏟아졌다. 깜짝 놀란 여자가 주춤거리고 뒤로 물러났다.

차 안에서 잠들어 있던 그가 차 밖으로 나오고 있었다. 그가 잠에서 들깬 눈을 손등으로 비비고 있었다. 여자가 그의 손을 와락 잡아끌고 청동상 앞으로 다가섰다.

하얀 가루가 묻어나는군요. 당신도 이곳에 손을 대 봐요. 신기하게도 손가락 끝에 하얀 꽃잎이 떠올라요. 아, 기분이 몹시 좋아져요. 토우가 피어내는 영혼의 꽃일지도 몰라요. 어쩜 당신과 나의 안식처인지도 모르겠군요.

그는 여전히 멍한 눈으로 번뜩이는 여자의 눈빛을 보았다. 그의 손가락이 엉겁결에 청동상의 성기에서 흘러나온 하얀 가루를 만졌다. 곧 구멍을 막고 있던 마개가 터져버렸다.

앗, 이게 다 뭐야. 밀가루 같아.

여자가 무언가를 발견하고 또 다시 흠씬 놀랐다. 여자의 눈을 사로잡은 것은 바로 청동상의 왼팔과 몸체 사이에 있는 구멍이었다. 오래전에 그 구멍은 대나무에 글씨를 써서 끼워두는 곳이었다. 진나라 때 글씨를 쓰는 재료는 대나무였으며, 그 구멍에 끼워둔 서류는 황제에게 보고할 서류였던 것이다. 구멍 속에는 붉은 종이가 꽂혀 있었다. 여자는 구멍 속에서 종이를 뽑아들었다. 붉은 종이는 빳빳했다. 마치 이 천년의 세월을 훌쩍 거슬러 올라가 죽간(竹簡)을 뽑아들었을 때의 느낌이 그랬을 것도 같았다. 여자는 종이에 쓰여 있던 글씨를 읽고 얼굴이 금세 새파랗게 질렸다. 케이가 어딘가에 숨어서 자신의 뒤를 밟고 있을 것만 같았던 것이다. 케이의 작업실을 빠져져 나온 이후, 줄곧 누군가의 미행을 당하고 있다는 느낌을 받았다.

여기서 빨리 빠져 나가야해요. 케이가 오고 있어요. 어서 당신이 차 시동을 걸어요.

누가 온다고?

케이가 나를 죽이려고 이곳으로 오고 있어요.

무슨 소리인지 모르겠어. 집으로 가봐야 해.

더 이상 집은 없다고 했잖아요.

그는 서둘러 운전석으로 돌아가 시동을 걸었다.

도대체 그 종이에 뭐라고 쓰여 있는 거야.

케이의 생각이 바뀐 게 분명해요.

케이가 누군데?

케이가 누구인지는 나도 몰라요. 그는 파우스트에 나오는 영혼을 먹는 악마 메피스토펠레스같다는 사실만 알고 있어요. 이곳으로부터 멀리 떠나야 해요.

여자의 손은 여전히 붉은 종이를 잡고 있었다. 무궁화 공원을 겨우 빠져나왔을 무렵, 여자가 몸을 부들부들 떨면서 붉은 종이를 펼쳐들었다.

'23번 토우는 바로 너야. 어린 아들과 여자의 성기 그리고 집을 송두리째 잃어버린 네가 제격이야. 그 정도면 가장 잔인한 생각을 품을 수 있는 영혼을 가진 셈이지. 증오심으로 활활 타고 있는 너의 눈빛을 보았어. 거기에 비하면 더블유는 너무 약해. 내 영혼을 담을 만한 그릇이 못되지. 단지 남편에 대한 질투심에 눈이 어두워 성깔을 부려대고 있을 뿐, 그녀의 영혼은 텅 비어 있어. 한 번의 기회는 주겠다. 내가 찾지 못하는 곳으로 숨어버린다면, 널 놓아줄 생각이야. 왜냐고? 난 게임을 좋아해. 쉽게 얻은 영혼에게서는 매력이 느껴지지 않거든. 시간이 없어. 네가 무궁화 공원에서 이 쪽지를 발견하는 순간, 나는 더블유를 데리고 너를 향해 가고 있을 테니까.'

여자가 가방을 열었다. 그곳에는 23번 토우의 모형이 들어 있었다. 그러고 보니까, 23번 토우의 얼굴은 여자를 닮아 있었다. 여자가 거실을 걸어 나오면서 자신도 모르게 가방 속에 넣어둔 것이다. 23번 토우 옆에는 며칠 전에 찾은 이백 만원도 얌전히 들어 있었다.

좀 더 빨리 가요. 그가 오고 있다는 느낌이 와요.

그가 액셀러레이터를 세게 밟았다. 도로 안전 턱에 걸려 차가 덜컹거렸다. 그때, 맞은 편 차선으로 검은색 승용차가 무궁화 공원을 향해 들어오기 위해 우측 깜파기를 켰다. 운전석 차창이 아래로 내려지고, 케이와 더블유의 얼굴이 힐끗 보였다. 막 구워낸 토우처럼 얼굴빛이 몹시 붉었다. 여자가 몸을 바짝 엎드렸다. 순간, 버석 가슴이 부서지는 소리가 났다. 손바닥도 갈라지고 피부 곳곳에서 진흙가루가 흩어져 날렸다.

오래 전부터 여자는 23번 토우가 되어 있었는지도 모를 일이었다.

반딧불이 축제

반딧불이 축제

　처음부터 엄마의 잃어버린 기억을 되찾을 수 있을 거라고 생각했던 게 무리였다. 잠시 내가 어떻게 되었던 것인지, 아니면 엄마와 함께 산다는 게 너무 힘들어서 될 때로 되라는 식이었는지도 모를 일이었다. 몇 년 째, 지능지수가 다섯 살 박이 아이 수준도 안 되는 엄마와 한집에 살고 있었다. 엄마를 바라볼 때마다 천식 환자처럼 숨이 탁 막혔다. 그래서 나는 반딧불이의 저녁을 계획했다. 그 일을 꾸미려고 계획했던 무렵 정말 무슨 일을 저지르지 않으면 미쳐버릴 것만 같았다.

　길에서 우연히 반딧불이 모형으로 만든 크리스마스트리 장식을 보았는데, 너무도 터무니없는 생각을 하게 되었다.

　아, 바로 저거야. 저거야 말로 엄마가 찾던 반딧불이야

　나는 알츠하이머병에 걸린 엄마보다 더 판단력이 흐렸다. 엄마가 좋아하는 아니, 엄마가 그토록 잊지 못하는 반딧불이 모형을 만들어 준다면 어떤 일이 벌어질까를 생각했다. 물론 몹시 기뻐했을 것이다. 단순히 거기까지만 생각을 했다면 아무런 문제가 없었을 것이다. 그런데 점점 나의 생각은 엉뚱한 쪽으로 흘렀다.

　'미국 사우스 플로리다대학 로스캠프 연구소 소장 마이클 멀랜 박사

는 28일 의학전문지 자연 신경과학 최신호에 발표한 연구보고서에서 CD40-CD40 리간드(配位子)라고 불리는 문자의 형성을 억제하는 항체를 주입하면 알츠하이머병의 진행을 중단시킬 수 있는 것으로 쥐 실험에서 확인되었다고 밝혔다.'

얼마 전, 일간지에 난 기사였다. 날마다 알츠하이머병에 대한 연구자료는 엄청나게 쏟아졌지만 엄마와는 너무나 거리가 멀었다. 그럼에도 불구하고 새로운 기사거리를 스크랩하기에 바빴다.

나는 기분이 우울해지면 뜨개질을 했다. 요즘은 뜨개질과 수예를 취미로 하는 사람들이 점점 줄어드는 추세이지만 상관없는 일이었다. 나는 남아도는 시간을 죽여야 했다. 아니 순간마다 가슴을 죄며 치받는 울분을 참아내기 위해 뜨개질을 할 수 밖에 없었다. 그나마 다행스러운 것은 집 근처에 수예점이 있어서 재료를 구입하는데 무리가 없다는 것이었다.

가끔 뜨개질을 하고 있는 내 모습이 초라하게 느껴질 때도 있었다. 하지만 백조왕자들을 위해 옷을 짰다는 공주가 된 기분이 들기도 했다. 엄마를 위해 옷을 짜고 있는 것이었다. 엄마가 세상을 뜨기 전까지 뜨개질을 멈추지 못할지도 모른다. 그리고 보니까, 나는 어려서부터 실로 짠 소품을 잘 만들었다. 전화 받침대와 컵 받침대 그리고 테이블보를 손뜨개질을 해서 만들었다. 사람들로부터 칭찬을 수없이 많이 들었다. 그게 문제였다. 처음부터 뜨개질을 하지 않았더라면 엄마를 모시는 따위는 없었을 것이다.

요즘 장미꽃 무늬의 커다란 이불보를 뜨고 있었다. 엄마가 덮을 이불이었다. 여느 이불과는 그 쓰임새가 달랐다. 굳이 밝히자면 엄마가 세상을 뜨는 날에 덮어 줄 이불이었다. 이것도 반딧불이 계획에 포함되어 있었다. 벌써 장미 꽃무늬 조각이 백 개나 짰다. 하얀 면실로 촘촘히 짰는데, 수의를 입은 엄마의 몸을 덮어 줄 이불보라고 생각하니까 가슴이 아릿하게 아팠다. 이토록 엄마를 끔찍하게 생각하는 내가 반딧불이의 저녁을 계획하다니, 믿어지지 않았다.

얼마 전, 미국에 살고 있는 오빠의 전화를 받았다. 화를 진정 시키느라고 알코올을 마셨다. 그래도 소용이 없었다. 내 인생을 송두리째 허비하고 있다는 피해망상증에서 헤어 나올 수가 없었던 것이다. 오빠가 전화 한 곳은 김포공항이었다. 사업자금 때문에 잠시 입국했는데, 시간이 없어서 집에 들르지도 못하고 돌아간다는 변명을 늘어놓았다. 너무 화가 났다. 더구나 엄마의 건강이 어떠냐고 물어보지도 않는 오빠가 야속했다. 오빠가 해야 할 일을 내가 맡아서 하고 있다는 생각이 들었다. 그래서 엄마를 미국으로 모셔가던지, 아니면 요양원에라도 입원시키라고 했다. 그러자 갑자기 전화가 뚝 끊어져버렸다. 오빠도 나처럼 엄마를 짐스러워 했던 것이다.

낮잠을 자고 있던 엄마가 부스럭거렸다. 시계 바늘이 오후 4시를 가리키고 있었다. 엄마는 갓난아이처럼 늘 먹고 잠만 잤다. 엄마를 보면 정말 예전에 나를 키우던 그 엄마가 맞는가 싶을 정도였다. 요즘 들어 약 때문인지 부쩍 더 잠을 잤다. 가끔 칭얼거리고 옷에다 오줌을 지리는 실수를 저지르는 일도 있었다. 엄마가 아기처럼 엉금엉금 기어 거실로 나왔다. 관절 때문에 약간 절름거리지만 걸을 수 있는데도 무릎으로 기어 다녔다.

밥 줘 이잉.

엄마가 배고프다며 어린아이처럼 칭얼댔다. 나는 뜨개질 감을 한쪽 구석에 밀쳐놓고 주방으로 갔다. 삶은 감자가 식탁 위에 있었다. 엄마는 감자를 너무도 달게 먹어치웠다.

거실 창문 밖으로 감나무가 어른거렸다. 감나무는 어린 아이의 주먹만 한 푸른 감을 잔뜩 매달고 있었다.

우리 집 주위에는 고층 건물들로 꽉 들어차 있어서 환기가 잘 안됐다. 그래서 한낮의 뜨거운 열기가 밤이면 집안을 빙빙 돌았다. 나는 전선을 들고 감나무 위로 올라갔다. 그 전선에는 손톱 크기의 작은 전구가 매달려 있었다. 반딧불이 모형을 한 전구였다. 입고 있던 조끼 주머니에 손을 넣었다. 그러자 고정 핀에 손가락이 쿡 찔렸다. 그런데도 어찌나 긴장을 했는지 아픔 따위가 전혀 느껴지지 않았다. 나는 조심스럽게 감나무를 탔다. 감나무를 탔다는 표현보다는 감나무에 매달려 있었다는 게 더 적절한 표현일 것이다. 감나무는 가지가 단단하지 못했다. 매년 감나무에 올라가 감을 따지 않고, 긴 장대를 이용해 가지를 꺾어 감을 땄던 것도 그 이유 때문인 것이다. 알루미늄 사다리를 담벼락에 기대어 놓고, 그 곳에 한쪽 다리를 걸친 다음 작업을 시작했다. 작업이 늦어지자 마음이 초조해졌다. 이미 새벽이 터 오고 있었다. 나의 행동이 사람들의 눈에 띄어 일을 망쳐버릴지도 모르기 때문에 서둘러야했다. 그런 자세로 두 시간동안이나 감나무에 매달려 있자니 다리가 쑤셨다. 그래서 조심스럽게 감나무를 껴안았다. 감나무 가지가 좁아 엉덩이를 압박해왔다. 말을 타고 있는 포즈와 흡사했다. 멀리 가로등 불빛이 골목길 보도블록 위에 하얗게 부서질 시간이라서 몸을 바짝 엎드렸다. 가로등 불빛이 안개처럼 하얗게 부서질 무렵이면, 사람들이 하나 둘씩 밖으로 나왔다. 새벽에 출근하는 사람들이었다. 주머니에서 와이어 스트리퍼를 꺼내 마지막으로 전선을 끊었다. 전선이 뚝하고 끊어지자, 숨이 탁 막혔다. 손가락에서 피가 주르르 흘러내렸다. 전선 피복을 벗기는 게 익숙하지 않아 종종 실수를 저질렀다. 손가락이 쓰라렸다. 내가 만든 반딧불이 모형은 엄마의 생명을 단축시키기 위한 보조 장치였다. 좀 더 쉽게 말하면 엄마가 목숨을 끊을 수 있도록 도와주자는 의도였다. 불치병을 앓고 있다거나, 고통이 심한 환자들에게 죽음을 선택할 수 있도록 도주는 게 뭐 그리 큰 죄가 되겠냐 싶었다. 미친 짓일 수도 있었다. 사실 엄마는 자신이 누구인지도 몰랐다. 한참 젊었을 때라면 자신의 그런 모습을 보고 얼마나 비통해 했을까. 하지만 엄마는 분별력 따위가 존재하지 않았다.

나는 보조라는 말을 좋아했다. 보조라는 말은 새로운 일을 시작할 수 있는 가능성을 내포하고 있어서 느낌이 좋아했던 것이다. 그랬던 탓에 나는 '생명단축 보조 장치'라는 말을 만들어 반딧불이 모형에 매달았다. 목욕보조원, 간호보조사, 미용보조원, 미장보조원을 비롯해 대부분 보조라는 꼬리를 달고 있는 직업들이 많았다. 그렇다면 내가 계획했던 것은 죽음을 단축시키는 보조원이란 말인가.

엄마가 알츠하이머병에 걸린 건 3년 전이었다. 알츠하이머병이란 진단이 나오긴 했으나, 그 병이라는 게 사망한 뒤에야 확진이 가능하다고 했다. 최근에 혈액과 피부세포검사법이 미국 국립 암 연구(NCI)연구팀에 의해 개발되었다. 그런데 엄마의 상태로 봐서는 뇌출혈로 인한 DNA에 손상이라는 결론이 내려졌을 뿐이었다.

엄마와 내가 3년 동안 함께 살았다지만 기억나는 것은 지독하게 싸웠다는 기억뿐이다. 여러 가지 연구보고와 실험에도 불구하고 알츠하이머병의 예방법이나 치료방법이 개발되지 않았다. 단지 아세틸콜린이란 신경전달물질이 뇌의 활성 시키는데 도움이 된다고 해서 몇 번 치료를 받았던 적이 있었다.

어찌되었든, 나는 몹시 지쳐버렸다. 오빠가 미국으로 이민을 가버렸기 때문에 엄마를 떠맡기는 했지만 잘 해보려고도 했었다. 그러나 현실은 잔인했다. 갈수록 엄마는 비대해졌다. 이제는 방에서 움직이는 것조차 힘들어했다. 한 때는 엄마를 어느 시골에 있는 보호 시설에 보내려고 했던 적도 있었다. 그러나 그 때마다 엄마가 심하게 아파서 포기하고 말았다. 대소변을 가리지 못하는 엄마의 뒤치다꺼리는 그나마 익숙해져서 괜찮았다. 그러나 위험천만한 일을 저지르기 때문에 잠시도 눈을 뗄 수가 없었다. 퇴행신경성 질환이라고 해서일까. 날마다 어린아이가 되어갔다. 밥을 손가락으로 콕콕 집어 먹는 것은 물론 냉장고 안에 있는 물건들을 꺼내 놓았다. 때로는 잃어버렸던 기억이 나는지 장롱에서 이불을 몽땅 꺼내 욕조 안에 넣고는 빨래놀이를 했다. 그럴 때마다 나는 엄마를 지키는 간수가 된 기분이 들었다.

엄마의 유일한 낙은 텔레비전을 보는 일이었다. 텔레비전은 감동 그 자체였다. 그나마 엄마와 나의 관계를 돈독하게 했던 것이다. 돈독이란 단어 자체도 어울리지는 않지만 말이다. 지금 나에게 남은 것은 끝나지 않는 엄마와의 전쟁만 존재했다. 엄마는 텔레비전 화면 내용과 현실 내용을 자주 혼동했다. 이를테면 드라마에서 물을 버리면, 걸레를 가져오라고 고함쳤다. 또한 소매치기가 도망치는 장면이 나오면, 저 놈 잡으라고 발을 동동 굴렀다. 이렇듯 현실과 드라마 속을 착각했다.

감자를 다 먹은 엄마는 또 다시 텔레비전 앞으로 다가가 리모컨을 눌렀다. 엄마는 아이들이 나오는 프로그램을 매우 좋아했다. 그날도 엄마는 지금처럼 텔레비전을 보고 있었다. 반딧불이 축제가 열리고 있는 어느 소도시를 소개하는 프로그램이었다. 그때 나는 주방에서 주스를 만들고 있었는데, 엄마가 너무도 조용해 무슨 일이라도 저지르고 있는 건 아닌가 하고 급히 나왔다. 엄마는 텔레비전 앞에 바짝 코를 들이대고 앉아 있었다. 환경문제를 다루는 특집 다큐멘터리를 방영 중이었는데, 반딧불이 축제가 열리고 있는 전라도 무주를 소개하고 있었다. 딱딱한 교양프로그램인데도 엄마는 화면을 뚫어지게 바라보았다. 그런 엄마를 보는 건 드문 일이었다. 엄마는 나날이 건강이 좋지 않았다. 오빠가 사업이 어렵다며 치료비를 송금하지 않아 먹던 약을 줄인 상태였다. 내가 출판사에 다닐 때 모아 둔 돈마저 거의 바닥나서 최악의 날을 보냈던 것이다. 엄마가 잠시 생기를 찾았을 뿐인데, 병세가 호전될 수 있을 착각을 했다. 지나친 욕심이었다.

문제는 그 다음이었다. 엄마는 소중하게 여겼던 성경책을 찢어 비행기를 접어 달라고 졸랐다. 양파 자루를 마대자루에 매달아 반딧불이를 잡는다며 온 방을 휘젓고 다녔다. 아무래도 반딧불이를 쫓던 어린 시절로 돌아가는 듯 했다. 내가 살고 있는 집은 김포비행장이 가까웠다. 엄마는 야간 비행을 하고 있는 비행기의 불빛을 보고도 반딧불이라고 소리쳤다.

처음에는 엄마가 반딧불이에 대한 기억을 놓지 못하는 이유를 알지 못했다. 횡설수설하는 엄마의 이야기를 앞뒤로 연결해 보았지만, 무슨 뜻인지 파악조차 할 수 없었다. 점점 엄마의 증상은 깊어갔다. 내가 잠든 틈을 타서 슬며시 옥상까지 올라갔다. 보통 때는 다리가 아파서 엄두도 내지 못한 일이었다. 어디에서 그런 힘이 났을까. 엄마는 고층 아파트를 향해 '불이야' 라고 소리를 쳤다. 아파트마다 켜져 있는 불빛을 향해 고래고래 고함을 쳤던 것이다. 정말 머리가 어떻게 될 것만 같았다. 나는 두서없이 헝클어져 있는 엄마의 기억들은 끌어 모으기 시작했다. 건강백과를 꺼내 알츠하이머병에 관한 전반적인 내용을 알아냈다. 엄마의 병을 근본적으로 치료할 수 있는 방법은 없지만, 뇌가 더 이상 굳지 않도록 노력해야 한다는 연구발표가 눈에 띄었다.

아버지가 돌아가시자, 엄마의 우울증은 심해졌다. 그 때는 알지 못했다. 알츠하이머는 우울 증세가 심해지다가 기억상실증이 서서히 진행되는데, 나중에는 모든 신체의 기능이 마비되는 병이었다. 미국에 있는 알츠하이머학회에 따르면 미국은 최소한 4백 만 명의 환자가 있다는 것으로 밝혀졌다. 그리고 병명은 독일의 신경과 의사 올로이스 알츠하이머의 이름을 따서 명명되었다는 것이다.

나는 엄마의 잃어버린 기억을 찾아주기 위해 오래된 앨범을 조사하기 시작했다. 그 앨범 속에는 엄마의 모습들이 켜켜이 눌려있었다. 빛바랜 사진 속에는 지금의 엄마 모습이라고는 찾아 볼 수가 없었다. 소녀들이 어깨동무를 하고 찍은 사진을 발견했다. 나팔바지에 머플러를 두르고 찍은 처녀시절의 모습이었다. 그 사진 속에 낯익은 사람이 한 명 있었다. 바로 정자 아줌마였다. 엄마의 고향 친구였다. 내가 대학에 들어 갈을 때, 엄마가 동대문 시장에 나갔다가 우연히 만난 친구라며 집으로 데리고 왔었다. 그런데 엄마가 아픈 뒤부터 아줌마의 발길도 뚝 끊어졌다. 정자 아줌마라면 엄마의 어린 시절을 알 것 같았다.

엄마의 낡은 수첩에서 정자 아줌마의 전화번호를 찾아냈을 땐 너무나 기뻐 비명을 질렀다. 수첩에 적힌 대로 번호를 눌렀다. 젊은 여자의 목소리가 들려왔다. 정자 아줌마의 딸이라고 했다. 정자 아줌마의 소식을 물어보자, 몇 달 전에 지병으로 세상을 떠났다는 것이었다. 희망이 와르르 무너지는 느낌이었다. 그래도 뭔가 건질 수 있을까 해서 끈질기게 전화기를 붙들고 놓지 않았다.

혹시 아줌마께서 반딧불이에 대한 이야기를 했던 적이 있느냐고 물었다 그러자 뜻밖의 사실을 말하는 것이었다.

아줌마와 엄마가 어렸을 때 성냥개비로 반딧불이 흉내를 내다가 초가집을 홀랑 태운 적이 있다는 것이다. 그 불로 인해 마을 사람이 한 명 타 죽었는데, 정자 아줌마는 불만 보면, 히스테리를 일으킬 정도였다고 했다. 그리고 보니까, 엄마도 불을 몹시 두려워했다. 외출을 하려면 주방을 몇 번씩 점검했다. 심지어는 외출했다가도 불안하면 가던 길을 되돌아오곤 했다.

전화 끊은 뒤, 혹시나 해서 싱크대 구석에 있던 성냥을 켜 보았다.

그런데 푸르스름한 빛을 띠는 반딧불이와는 사뭇 달랐다. 전혀 같은 느낌이 들지 않았다. 몇 날을 곰곰이 생각하다가 우연히 크리스마스트리를 본 것이다. 아, 바로 그거였다. 작은 전구에서 흘러나오는 푸른 빛, 마치 수컷반딧불이가 암컷을 유인하기위해 켜 놓은 불빛과 흡사했다. 그래서 즉시 전파사에 들러 손톱 크기만 한 전구를 잔뜩 샀다. 처음에는 단순히 엄마의 잃어버린 기억을 되찾아 주어야겠다는 의미에서 비롯된 일이었다. 그러나 차츰 마음이 변하기 시작했다. 병들어 가는 사람은 엄마가 아니라, 나였다는 생각이 들었다. 정말 살고 싶다는 욕구가 솟구쳤다.

반딧불이다. 반딧불이다.

엄마의 외침에 깜짝 놀랐다. 컴퓨터 화면은 뫼비우스 띠가 돌아가고 있었다. 잠시 졸았던 모양이었다. 나는 엄마가 있는 쪽으로 고개를 돌렸다. 그런데 엄마가 너무도 조용했다. 엄마의 병세가 심해지면서 편히 누워 잘 수가 없었다. 그래서 밀린 잠 때문에 컴퓨터를 열거나, 뜨개질을 하면서도 자주 졸았다.

반딧불이다! 엄마의 목소리가 들렸다. 나는 엄마의 방으로 휘달려 갔다. 그러나 엄마의 방은 텅 비어 있었다. 창고 문을 열자, 곰팡이 냄새가 훅 밀려왔다. 케케묵은 엄마의 살림살이가 희미하게 드러났다. 마지막으로 욕실 문을 열어보았다. 좌변기에 머리를 감는 일이 종종 있었다. 하지만 욕실엔 엄마가 낮에 벗어 놓은 옷가지만 수북하게 쌓여 있을 뿐 말끔했다. 겁이 덜컥 났다. 엄마는 집안 어디에도 없었다.

그 때였다. 현관문이 반쯤 열려져 있는 게 보였다. 허둥지둥 밖으로 뛰쳐나갔다. 엄마는 옥상 에움 벽에 날름 올라앉아 있었다. 현실적으로 있을 수 없는 일이었다. 식욕이 왕성해진 엄마는 날로 몸이 불었다. 그런데 날렵하게 옥상 에움 벽에 걸터앉아있다니 믿기지가 않았다. 마치 누군가와 이야기라도 하듯 중얼거리고 있었다. 만약 엄마를 급히 부른다면 어떤 사태가 벌어질지 불을 보듯 뻔했다. 균형 잡지 못한 육중한 몸은 휘청거렸을 테고, 곧바로 옥상 아래로 떨어질 것이다. 조심스럽게 엄마 곁으로 다가갔다. 엄마는 세상을 뜬 아버지와 이야기를 하고 있는 중이었다. 가슴이 뭉클했다.

나는 오래 전의 엄마의 모습을 떠올려봤다. 매사에 분명하고 똑 떨어지는 성품이라 남에게 손가락질 한 번 받지 않았다. 그런데 시간이 흐르면서 엄마의 행동이 심상치 않음을 깨달은 오빠는 서둘러 미국으로 이민을 가버렸다. 엉겁결에 엄마를 떠맡게 된 나는 다니던 출판사를 그만 둘 수밖에 없었다. 갈수록 증상이 심해지는 엄마를 마냥 남의 손에 맡겨둘 수가 없었다. 아니 가능하다면 어머니를 남의 손에 마냥 맡겨두고 싶었다. 그런데 간병인이 몇 명 바뀌자, 엄마가 더 이상 누구의 말도 듣지 않았던 것이다. 직장에 사표를 던질 때만 해도 나는 새로운 일을 시작할 수 있다는 기분에 들떠 있었다. 그러나 내 생각과는 너무도 달랐다. 엄마는 갈수록 생각지도 못한 일을 저질렀다. 아무 것도 걸치지 않는 맨 몸으로 거리를 활보하고 다녔다. 털이 빠진 음부와 늘어진 젖가슴을 사람들 앞에 드러내놓고도 조금도 부끄러워하지 않았다. 그런 엄마를 나 혼자서 감당하기에 너무 벅찼다. 그래서 증세가 심해지면 방에 가두어 버렸다. 어떤 날은 엄마한테 붙들려 흠씬 두들겨 맞은 적도 있었다. 그 때마다 나도 엄마와 다름없이 동물적 행동을 보였다. 정말 끔찍한 광경이었다. 나는 파마 끼가 전혀 없는 생머리를 질끈 묶고 있다. 어이없게도 몇 살은 더 들어 보였다. 어쩌다 거울을 보면 소스라치게 놀랐다. 초점 없는 내 눈동자가 허공에 걸려 있기 때문이었다.

우리 영란이가 첫 걸음마를 하던 날이 생각나죠? 그 날, 당신은 영란이 키우는 재미에 산다고 말했어요.

다른 기억들은 잊어버려도 내가 어렸을 때의 일은 떠오르는 모양이었다. 엄마는 마흔 살에 나를 낳았다. 늦게 낳은 딸이라 정성이 이만저만이 아니었다. 엄마는 퇴근하고 돌아온 아버지가 옷도 갈아입기도 전에, 하루 종일 내가 어떻게 놀았는가를 이야기했다. 아버지는 엄마의 이야기를 귀찮아하기는커녕 기다렸다는 듯 말을 되받았다. 엄마와 아버지는 보이지 않는 무거운 짐을 날마다 내 어깨 위에 올려놓았던 것이다.

아버지는 내가 태어난 날을 기념해서 앞마당에 식수를 했다. 감나무를 심었던 것이다. 사람들은 우리 집을 감나무 집이라고 불렀다. 아버지는 집에 손님이 올 때마다 감나무의 나이와 내 나이가 같다며 자랑 삼아 이야기했다. 그 감나무는 담을 넘어 옆집 창문을 가로막는 바람에 한때 베어질 위험에 처했었다. 그러나 아버지의 강한 반대에 이웃집도 입을 다물었다. 나는 조용히 엄마의 귀에다 대고 속삭였다.

우리 강변으로 가자. 그곳에 가면 반딧불이가 하늘 가득 날고 있어.

그러자 엄마는 내가 끄는 대로 옥상 에움 벽에서 내려왔다. 엄마는 이빨을 훤히 드러내고 웃고 있었다.

강으로 가자.

엄마는 그 때까지도 꿈을 꾸고 있는 듯 했다. 나는 엄마의 손을 잡고 집안으로 들어섰다. 그런데 집안으로 따라 들어온 엄마가 화를 벌컥 냈다. 당장 반딧불이를 잡아 달라는 것이었다. 돌변한 엄마의 태도를 외면하자, 거실에 있던 도자기를 번쩍 들어 바닥으로 내동댕이치는 것이었다. 파편이 사방으로 튀었다. 날아온 도자기 파편 때문에 내 발등에서 붉은 피가 흘러내렸다.

엄마, 우리 죽자. 정말 이러다간 내가 미쳐버릴 것 같아. 차라리 죽는 게 낫겠어.

난 죽기 싫어.

순간 진흙 속에 찍힌 바퀴자국이 눈앞에 선명하게 보였다. 어쩌면 날마다 바퀴자국이 내 가슴에 도장을 찍고 있는지도 모른다는 생각이 스치고 지나갔다. 엄마는 잔뜩 부은 얼굴로 이불 위에 누워버렸다. 서 있을 때보다 몸집이 더 커 보였다. 갑자기 일어난 엄마가 내 몸을 잡아끌었다.

밥 줘.

조금 전에 먹었잖아.

순간, 엄마에게서 역한 냄새가 났다. 어렸을 때, 영선이 집에서 맡아본 그 냄새였다. 영선이네 안방엔 파리똥으로 얼룩진 가족사진들이 쭉 걸려 있었다. 사진틀 속에 있던 영선이의 할머니는 뒷방에 죽은 듯이 누워만 지냈는데, 역한 냄새가 문틈으로 흘러나왔다. 그런데 할머니가 돌아가시자, 더 이상 그 냄새가 나지 않았다. 그 제서야 나는 그 냄새의 정체를 알았다. 할머니의 목에 걸려 있던 죽음의 냄새였던 것이다. 엄마에게서도 그 냄새가 서서히 나기 시작했다. 마음이 싸하게 아파왔다. 그래도 계획했던 일을 포기할 수는 없었다.

엄마가 화장실에서 무언가를 떨어뜨린 모양이었다. 엄마가 또 실수를 한 게 분명했다. 나는 벌떡 일어나 급하게 화장실로 갔다. 엉거주춤한 자세로 서 있는 엄마가 나를 보자, 허연 이를 드러내며 웃었다. 엄마가 입고 있는 얼룩무늬 갈색 치마가 점점 짙은 색으로 변해갔다. 나는 빨간 고무장갑을 끼고 엄마의 아랫도리를 거칠게 씻었다. 엄마의 엉덩이에 붙어 있던 오물이 바닥으로 뚝뚝 떨어졌다. 속이 메스꺼웠다. 한두 번 치르는 일이 아닌데도 불구하고 나는 매번 음식물을 토악질했다. 젖은 옷을 벗기고 마른 옷으로 갈아입히자, 엄마는 커다란 엉덩이를 흔들며 천천히 방으로 들어갔다.

엄마가 조용해지자, 나는 다시 컴퓨터 앞에 앉았다. 반딧불이에 대한 정보를 클릭했다. 반딧불이는 불빛을 매우 싫어하며, 소음공해가 심한 곳에서 살지 못하기 때문에 점점 사라진다고 했다. 반딧불이는 세계적으로 약 2000여종이나 서식하고 있으며, 우리나라에는 애반딧불이, 늦반딧불이, 파리반딧불이, 꽃반딧불이, 운문산반딧불이, 큰혹갈색반딧불이, 왕꽃반딧불이 등 8종이 서식하고 있다. 환경문제가 심각해지면서 반딧불이의 꽁무니를 떼어 도깨비장난을 더 이상 할 수 없게 되었다. 반딧불이는 무척추 동물로 6월 하순에 풀숲과 같은 습한 곳에서 유충으로 변하는데, 유충이 되면 수중에서 물달팽이나 다슬기를 먹으며 살아간다. 그 과정에서 탈피를 5번이나 겪는데, 무려 그 기간이 250일이나 된다는 것이다. 유충이 서식처를 땅 속으로 옮기면서 서서히 번데기로 변하는데, 그 때가 6월 초순쯤이 된다. 번데기가 부화해서 성충이 되면 드디어 반딧불이가 되는 것이다. 그런데 반딧불이는 15일 정도밖에 살지 못한다. 그나마 수컷은 교미 후에 바로 죽고, 암컷은 교미 후 3일 후에 알을 낳다가 죽는다. 반딧불이가 빛을 내는 것은 짝짓기를 하기위한 수단이다. 풀잎에 붙어 약하게 빛을 내는 것은 암컷이며, 날면서 빛을 내는 것은 수컷이다. 그런 일반적인 상식을 알았을 때도 왜 엄마가 그토록 반딧불이를 찾는지 몰랐다.

엄마가 알츠하이머병에 걸리지 전까지는 무척 정갈하고 깔끔했다. 매일 부엌살림을 반질반질 하도록 닦았다. 그런 엄마가 너무 망가지는 것을 지켜볼 수가 없었다. 조용히 자다가 눈을 감으면 얼마나 좋을까. 그런데도 엄마의 생명력은 너무도 질겼다.

엄마를 도와주자. 엄마가 쉽게 목숨을 끊을 수 있도록……. 엄마도 분명 잘한 일이라고 말할 것이다.

반딧불이 모형을 감나무에 모두 설치하고 불을 밝히는 일만 남았다. 나는 아침에 일어나자마자 창문으로 다가가 감나무를 올려다보았다. 생각했던 것보다 꼬마전구가 감 이파리에 가려져 잘 드러나지 않았다. 하루 종일 나는 엄마의 눈치를 살폈다. 엄마를 보는 게 마지막일지도 모른다는 생각에 여느 때보다 다정하게 대했다. 그런데 엄마는 방에서 꼼짝도 하지 않았다. 웬일인지 모를 일이었다. 예전 같으면 문이 열린 틈을 이용해 기어 나오려고 안달이 나 있어야 한데도 말이다. 엄마의 귀에다 대고 오늘밤은 틀림없이 반딧불이를 잡을 수 있을 거라고 말해주었다. 갑자기 엄마의 얼굴이 환해졌다.

밤이 되자, 구름이 몰려왔다. 간간이 바람도 불었다. 비를 몰고 오는 따뜻한 바람이었다. 멀리 밤하늘을 가르고 비행기가 깜박거렸다. 저공 비행중이라서 소음이 요란했다. 얼마나 지났을까. 나는 조심스럽게 감나무 아래에 있던 전선을 붙잡았다. 그리고 천천히 스위치를 올렸다.

그 순간 '아' 하는 탄성이 나도 모르게 입술을 비집고 나왔다. 초록색 꼬마전구는 마치 수 백 마리의 반딧불이가 짝짓기를 하고 있었다. 형설지공(螢雪之功)이라는 말이 실감났다. 중국 동진 때, 차윤이 너무도 가난해서 여름밤 반딧불이를 잡아다가 그 빛으로 책을 읽었다는 유명한 고사성어가 증명되는 순간이었다. 반딧불이 한 마리의 밝기는 약 3룩스 정도 되며, 반딧불이 80마리는 있어야 쪽 당 20자가 써진 천자문을 읽을 수 있고, 200마리는 있어야 신문을 읽을 수 있다는 실험 결과가 나왔으니까, 단지 구전되어 오는 이야기가 아닌 것은 분명했다.

크리스마스이브에 가로수마다 설치한 조명등과는 사뭇 달랐다. 거의 불빛이 사라진 깊은 밤이라서 감나무에 매달려 있는 반딧불이는 더욱 밝았다. 나는 하염없이 마당에 서서 감나무를 올려다보았다.

엄마는 초저녁에 이미 잠자리에 들어 있었다. 목욕을 해서 코까지 골았다. 잠들어 있는 엄마의 얼굴을 들여다보는 순간, 코끝이 시큰해짐을 느꼈다. 너무도 천진난만한 표정으로 달게 자고 있었던 것이다. 그렇다고 계속해서 엄마와 실랑이를 벌이며 살 수는 없었다. 이대로 살다가는 엄마보다 내가 먼저 죽어 버릴 것만 같았다. 그때였다. 현관문이 드르륵 열리는 소리가 났다. 엄마가 나오고 있었다. 엄마는 신기한 듯 눈을 비비며 감나무를 올려다보았다.

와, 반딧불이다.

엄마는 흥분에 들떠 있었다. 반딧불이를 보며 너무도 즐거워했다.

정자야, 반딧불이 잡으러 가자.

엄마는 나를 정자 아줌마로 착각을 하는 모양이었다. 나는 엄마가 이끄는 대로 옥상으로 따라 올라갔다. 반딧불이는 감나무 이파리에 앉아 짝짓기를 하느라고 불을 깜박였다.

정자야, 곤충망 가져와. 많이 잡아서 우리 영란이 주게.

엄마는 반딧불이를 잡아서 어린 딸에게 주려고 했다. 엄마의 기억 속엔 내가 마냥 어린아이로 남아 있었다. 갑자기 눈시울이 뜨거워졌다. 나는 엄마가 채근하는 바람에 할 수 없이 곤충망을 가져오려고 옥상에서 내려왔다. 그런데 마당 한구석에 세워져 있던 잠자리 채는 어디에도 있지 않았다. 뒤뜰에 있는 가해서 더듬거리며 그곳으로 갔다. 그러나 어둠이 두텁게 쌓인 뒤뜰에서 곤충망을 찾기란 무리였다. 나는 다시 집 안으로 들어갔다. 방마다 문을 열고 혹 엄마가 가져다 놓았을지도 모르는 곤충망을 찾아다녔다. 그런데 어이없게도 곤충망은 엄마의 장롱 속에서 나왔다. 나는 장롱에 걸려 있던 숄을 꺼냈다. 바람이 몹시 불었기 때문이었다. 나는 습관처럼 엄마의 건강을 생각했다. 습관이란 얼마나 무서운 것인지 그때 처음 알았다. 죽음의 시간을 앞당겨 엄마가 빨리 세상을 떠날 수 있도록 '생명단축 보조 장치'까지 만들지 않았는가. 그런데 나는 엄마를 습관처럼 염려하고 있었던 것이었다. 갑자기 혼란스러웠다. 잔잔하게 밀려드는 갈등이 마음 한구석에서 똬리를 틀기 시작했다. 마당으로 나온 내가 막 옥상 계단으로 들어섰다.

정자야, 반딧불이 잡았다.

엄마는 에움 벽에 걸터앉아 있었다. 아슬아슬한 자세였다. 한 손에는 이미 반딧불이 모형이 잡혀 있었다.

엄마, 조심해.

순간 나도 모르게 소리쳤다. 그러자 엄마의 몸이 갸우뚱하더니 아래로 곤두박질쳤다. 감나무 가지가 우지직하면서 사정없이 부서지는 소리와 함께 쿵 하는 소리가 났다. 어쩌면 악 하는 엄마의 비명 소리가 들렸던 것도 같았다. 나는 너무나 놀란 나머지 귀를 틀어막았다. 얼마 동안 나는 꼼짝도 못하고 계단에 기대고 서 있었다. 옥상에서 떨어진 엄마는 조용했다. 감나무 가지가 흔들리는 소리가 너무도 무섭게 느껴졌다. 이미 엄마가 숨을 거두었을지도 모른다는 생각이 스치고 지나갔다. 다리가 후들후들 떨렸다. 아주 많은 시간이 흘러갔다는 생각이 들었다. 사실 내가 꼼짝도 못하고 서 있던 시간은 5분도 채 되지 않았지만 말이다.

굵은 빗방울이 내 콧잔등 위에 툭툭 떨어졌다. 그 제서야 나는 아래를 내려다보았다. 번개가 번쩍였다. 부러진 감나무가 선명하게 드러났다. 그 때였다. 엄마의 가냘픈 신음소리가 들려오기 시작했다. 엄마는 부러진 감나무 가지를 헤집고, 저벅저벅 걸어 나오고 있었다. 무엇보다 다행스러운 것은 얼굴과 다리에 약간의 찰과상을 입었을 뿐 크게 다친 곳이 없다는 것이었다.

엄마는 어린아이처럼 커다란 엉덩이를 흔들며 집안으로 들어갔다. 그리고는 아무 일도 없었던 것처럼 배고프다고 칭얼대기 시작했다. 나는

서둘러 믹서에 불린 콩을 넣었다. 그리고 스위치를 눌렀다. 엄마한테
콩국수를 만들어 주기 위해서였다. 순간, 두 개의 칼날이 헬리콥터의
프로펠러처럼 요란한 소리를 내며 돌아가기 시작했다.

수자 시집가네

수자 시집가네

옥림은 늘 머리가 아팠다. 마치 구름 낀 뿌연 하늘처럼 머릿속이 흐릿했다.

얼마 전, 정신과 치료를 받기도 했다. 그러나 자신의 우울증이 신경정신과 의사를 만나 상담을 해서 해결될 문제가 아니란 것쯤 알고 있었다. 켜켜이 쌓인 그리움으로 그녀의 가슴이 곪을 대로 곪아 있는데, 간단한 상담과 신경안정제로 어찌 치료가 될 수 있겠는가 싶었다. 그럼에도 불구하고 벗어나고 싶었다. 그래서 병원 처방을 따랐다. 그런데도 늘 머리가 지근거리고 아팠다.

오늘도 옥림은 12층 아파트 베란다를 서성거렸다. 그녀의 우울증은 봄이면 더욱 심했다. 그녀는 누군가가 자신을 주시하고 있다고 생각했다. 솔직하게 말하면 오래전에 강물에 빠져 익사한 수자가 노려보고 있다는 느낌을 받았다. 그녀가 불안감에 휩싸일 때면 신경이 날카로워졌다. 그래서 아이들을 친가로 보낸 지 열흘이나 되었다. 아이들과 함께 있으면 심리적으로 안정을 취할 수 없을 뿐만 아니라, 교육상 좋지 않다고 생각한 남편의 조치였다. 옥림의 남편은 샐러리맨이었다. 도시에서 교육을 받고 자란 그는 도시적인 생활에 익숙해있었다. 그에 비해 옥림은 목가적이고, 전원적인 생활을 그리워했다. 그런 탓인지 늘 추구하는 게 달랐다.

옥림의 남편마저도 아이들 핑계로 친가에서 출퇴근 하는 날이 많아졌다. 옥림은 점점 자신의 자리를 잃어가고 있다는 것을 감지하면서 허전해 했다. 얼마동안 넋이 나간 사람처럼 하늘을 응시하던 그녀가 시선을 아래로 떨어뜨렸다. 지나가는 사람들조차 보이지 않았다. 해질녘이면 그녀의 가슴앓이는 통증을 수반했다. 몸에 신열이 나고, 피부엔 붉은 반점이 돋아났다. 견딜 수 없을 만큼 가렵기까지 했다. 하루에 서너 번 샤워를 해야만 겨우 숨을 돌릴 수 있을 정도였다.

창밖을 보고 있던 옥림의 두 눈 속에 배꽃이 흩어져 날렸다. 그녀의 마음은 늘 고향을 향해 내달렸다. 가끔 옥림은 수자와 지냈던 그곳을 몹시 그리워했다. 수자도 그럴 것이란 생각이 들었다. 그런 자각이 들기 시작한 건, 수자가 죽고 난 뒤부터였다. 꿈속에 나타난 수자는 몹시 추워했다. 그런 수자를 다가가 안아주었다. 꿈이지만 너무도 생생했다.

옥림은 오른쪽 겨드랑이 사이로 손을 밀어 넣고 벅벅 긁어댔다. 명치끝까지 가려움증이 전해져왔다. 그 때였다. 전화벨이 울렸다. 가려움증 때문에 얼굴을 잔뜩 찌푸린 그녀는 거실로 돌아와 수화기를 들었다.

옥림의 어머니였다.

"망할 것, 어미가 죽었는지 살았는지 궁금하지도 않냐?"

그녀는 어머니의 푸념에 가려움증이 더해졌다.

"목소리를 들으니 멀쩡하시네요."

그녀는 짜증 섞인 음성으로 톡 쏘아댔다.

"몹쓸 것, 그렇게 밖에 말을 못하니? 언제 내려와서 마늘과 참기름 가져가거라. 올 해는 마늘이 썩지 않아 장사치들이 서로 달라고 하는구나. 햇마늘은 여물지 못하고 물만 어렸어. 이제 근력이 부쳐 서울까지 들고 갈 수가 없으니 애들하고 같이 내려와라. 고 녀석들이 눈에 밟혀서 죽겠다."

"알았어요. 언제 한 번 내려갈게요."

"메주도 곰팡이가 뽀얗게 피었다."

"알았다니까요! 누가 된장을 많이 먹는다고 그러세요."

옥림은 점점 짜증이 났다. 시골에서 혼자 살고 있는 옥림의 어머니는 전화만 들었다하면, 온 동네 소식을 늘어놓았다. 그녀가 듣거나 말거나 상관하지 않는 듯했다. 옥림이 어머니를 이해 못하는 건 아니었다. 어머니는 일찍 홀로되어 남매를 키우며 살아왔다. 그래서 전화해서 이런 저런 이야기를 쏟아내지 않으면 무슨 재미로 살아가겠는가 싶기도 했다. 그러나 옥림은 어머니가 때때로 짜증스럽게 느껴졌다. 어쩌면 어머니의 목소리에서 느껴지는 고향의 냄새를 맡고 싶지 않았는지도 모른다. 옥림의 기억 속에서 수자는 곧 수빈을 의미했으니깐 말이다. 그래서 그녀는 늘 어머니의 대화를 중간에서 끊어버렸다.

옥림은 전화를 끝내고 곧바로 욕실로 들어갔다. 샤워기를 틀어 차가운 물로 온 몸을 씻었다. 그녀는 몸에서 떨어지는 거품을 내려다보며, 고향의 들녘에 흐드러지게 피었을 배꽃을 떠올렸다. 그녀의 고향은 배나무가 많아서 오래전부터 배나무 골이라고 했다. 대부분의 사람들은 배꼴이란 발음으로 불렀다. 배나무 덕분에 굶지 않았다는 뜻도 있었다.

옥림의 어머니는 밭이랑까지 개간하여 빈틈없이 농사를 지었다. 마을에서는 억척 네라고 소문이 나 있을 정도였다. 텅 빈 집에 삽살개와 돼지 서 너 마리가 유일한 말동무이다 보니 얼마나 적적했을까. 옥림은 어머니에게 차갑게 대한 것을 곧 후회했다.

다음날 아침, 옥림은 고향으로 가는 고속버스를 탔다. 생각지도 않은 일이었다. 갑자기 배꽃이 보고 싶었던 것이다. 얼마 만에 세상 밖으로 나온 것인지 눈이 부실 정도 였다.

창밖을 내다보며 욕림은 무덤덤해진 결혼생활을 생각했다. 사실 겉으로는 아무 것도 문제될 것이 없었다. 그런데도 늘 불안했다. 마치 맞지 않는 옷을 입으며 살고 있는 기분이었다. 옥림이 탄 고속버스는 두 시간 정도 경부선을 달린 뒤 인터체인지를 빠져나왔다. 옥림은 배골로 가는 시내버스로 갈아탔다. 마을이 아직 오지다보니 길이 좁았다. 군데군데 도로확장공사 구간이 많아 버스가 속력을 내지 못했다.

강물은 햇살에 비춰 반짝거리고, 새들은 물 위를 유유히 날고 있었으며, 초록 물을 머금은 나무들은 푸릇푸릇 했다. 고향의 강은 예나지나 아름답고 조용했다. 드디어 옥림이 마을 어귀에서 내렸다. 그리고는 사람들의 시선을 파해 서둘러 집으로 향했다. 봄기운이 들녘 가득했다. 작은 웅덩이 마다 올챙이들이 오글오글 모여 있었다. 피식 웃음이 나왔다. 올챙이를 잡아 개구리가 될 때까지 키운다고 난리법석을 떨었던 어린 시절이 떠올랐던 것이다.

멀리 배밭이 보였다. 뭉글뭉글 하얗게 핀 배꽃이 온 동네를 감싸 안고 있었다. 집으로 들어가는 골목길에 이르렀을 때였다. 가슴이 쿵 내려앉았다. 벙어리 아주머니와 정면으로 마주친 것이었다. 그녀는 바로 수자 어머니였다. 또한 수빈이의 어머니이기도 했다. 그녀가 옥림이를 발견하자, 반색을 하며 다가왔다. 그리고는 옥림의 얼굴을 두 손으로 보듬었다. 금세 벙어리 아주머니의 눈 속에 슬픔이 가득했다. 죽은 수자를 그리워하고 있는 것이었다. 옥림의 눈에도 눈물이 글썽거렸다. 옥림은 집으로 가는 내내 가슴이 쓰라렸다. 혹하고 스치는 바람에도 수자의 냄새를 맡을 수 있었다.

"엄마! 저 왔어요!"

옥림의 어머니가 방에서 황급히 뛰어나왔다.

"어서 와라! 애들은 어디에다 맡겼냐?"

"시댁에요. 동생은 자주 내려오나요?"

"뭐가 그리 바쁜지! 맞벌이를 하고 있으니 더 하겠지. 큰 애가 유치원에 입학했다고 어제 전화 왔었다. 할미가 되어서 키워 주지도 못해서 미안하구먼. 놀이방인가 뭔가 하는 곳을 다니면서 자라 정에 굶주렸을 게야!"

"요즘 애들은 다 그렇게 자라요."

"그러니까 부모를 버리는 사람들이 생겨나지?"

옥림의 얼굴은 어두웠다. 벙어리 아줌마의 모습이 아직 뇌리에서 떠나지 않아 마음이 침울했기 때문이었다. 옥림의 어머니는 동네 이야기를 풀어 놓기 시작했다.

"수자 기억하지?"

"수자요?"

"물에 빠져죽은 수자 말이다. 너하고 여학교 같이 다녔던 신억상씨 딸이 내일 시집을 간다더구나."

"네! 죽은 사람이요?"

"죽은 사람의 혼령을 맺어주는 혼례 말이다. 그걸 뭐라고 하던데? 아! 명혼(冥婚)이라고 하더구나."

"왜 그동안 가만히 있다가 이제 와서 그런데요? 요즘에도 명혼식을 하나요? 더구나 수자가 사랑했던 사람은 따로 있었잖아요."

"사람이 죽으면 이승에서의 인연은 까마득하게 잊는 법이구먼."

"영혼이 있다면 수자가 그렇게 하려고 하겠어요?"

"혼례를 안 하면 제사 밥을 얻어먹지 못하니까 하는 수 없어. 신억 상씨의 둘도 없는 의사 아들이 네 가슴에 못을 박고, 부잣집 딸과 결혼을 했잖아. 근데 딸 하나 놓고 여태 애가 없다지 뭐냐. 용한 점쟁이를 찾아가 물으니 죽은 수자가 회방을 놓고 있다지 뭐냐. 마침 작년에 우리 마을에 물놀이 왔다가 죽은 총각이 있어서 연분을 맺어주기로 했다지 뭐냐."

"죽은 사람이 뭘 알겠어요? 죽으면 그만이지."

"그런 소리마라. 그렇게 해서라도 혼례를 치러줘야 제삿밥이라도 얻어먹지. 그것도 다 인연인 거야."

옥림의 어머니는 제삿밥에 큰 비중을 두었다. 머리가 희끗희끗 해진 어머니를 올려다보자, 금세 눈시울이 붉어졌다. 또한 지난 일들이 아릿하게 떠올라 가슴을 아프게 했다.

옥림의 어머니는 저녁식사를 마치자, 수자 시집보내는 준비가 어떻게 되었는지 궁금하다며 수자네 집으로 갔다. 집은 섬뜩할 정도로 조용했다. 옥림은 방문을 열고 대청마루로 나섰다. 달빛이 가득했다. 동네가 한눈에 들어왔다. 이십 여 가구 되는 집들이 처마를 의지하고 있었다. 동네 사람들이 늙어가는 것만큼 집들도 점점 늙어가고 있었다. 옥림은 외투를 걸치고 골목길로 나섰다. 컹컹 멀리 개 짖는 소리가 들려왔다.

옥림과 수자는 배골에서 나고 자랐다. 수자가 옥림보다 두 살이나 많았다. 하지만 수자가 학교를 2년이나 늦게 들어가는 바람에 친구처럼 지냈다. 수자의 남동생이었던 수빈과도 친구였다. 그래서 늘 세 명이 함께 다녔다.

수자네 집 근처에 이르자, 사람들의 웅성거림이 들렸다. 옥림은 한기를 느껴 옷깃을 여몄다. 오래 전엔 눈을 감고도 다니던 골목길이 낯설기만 했다. 십년이란 세월이 흐르는 동안 옥림은 낯선 이방인이 되어 있었다. 어쩜 그녀 스스로가 이방인으로 살기를 원했는지도 모른다. 잠시 고향에 내려와 어머니 얼굴만 보고 돌아서야 할 만큼 아픔이 남아 있는 곳이었던 것이다.

커다란 느티나무가 있는 곳에 이르자 나무 타는 냄새가 났다. 옥림은 마을을 벗어나 강둑길로 접어들었다. 곳곳에서 꽃향기가 날렸다. 둑길을 따라가자 배꽃 밭이 나타났다. 눈이 부실만큼 하얀 빛이었다. 쿵하고 가슴 한구석이 내려앉았다. 두 손으로 얼굴을 감싸 쥐었다. 푸석하고 메마른 얼굴 위에 눈물이 흘러내렸다. 수빈을 가슴에 묻고 산다는 것, 너무도 힘든 고통이었다. 날마다 하늘을 올려다보며 그리움을 삼켰다. 때때로 12층 베란다를 서성이다가도 그 아래로 떨어질 것 같은 위태로움에 사로잡혔다. 아이를 낳고 한 남자의 여자가 되면 모든 게 잊힐 줄 알았다. 하지만 수빈을 향한 그리움은 켜켜이 쌓여만 갔다.

옥림은 걸음을 멈추고 섰다. 강둑에 앉아 몸을 동그랗게 웅크리고 앉았다. 옥림이 앉아 있는 곳은 수빈이와 첫 키스를 했던 장소이면서도 마지막 이별을 했던 장소였다. 이별을 했을 때도 지금처럼 배꽃이 만발했었다. 아무 말을 하지 못하고 그저 서로의 얼굴만 어루만졌다.

수빈은 어머니가 둘이었다. 낳아준 어머니와 길러준 어머니였다. 그의 아버지 신억상은 마을에서 제일가는 유지였다. 많은 재산을 불렸던 데는 근본적으로 부지런함이 바탕이 되었지만 가난을 대물림 하지 않기 위해서 였다. 그런데 정작 만석지기가 되었을 때는 대를 이을 아들이 없었다. 처에게서 딸을 하나 봤지만 더 이상 아이를 낳지 못하게 되자, 씨받이를 들인 것이다. 시원시원한 이마 그리고 서글서글한 눈매를 가진 여자였지만 벙어리인 게 흠이다. 그 씨받이 여자가 수자를 낳은 뒤, 두 해가 지난 다음에서야 수빈을 낳았다. 신억상은 수빈을 서출로 만들고 싶지 않았다. 그래서 핏덩이 때부터 본처의 품에서 자라게 했다. 수빈이 자란 후에도 생모가 사는 행랑채는 얼씬도 못하게 했던 것이다.

수빈이 의과 대학에 다니고 있을 때였다. 옥림과 수빈이 연애를 한다는 소문이 동네에 돌았다. 신억상은 노발대발하며 옥림의 집으로 들이 닥쳤다. 수빈의 앞길을 막지 말라며 옥림을 몰아세웠다. 옥림의 어머니도 만만치 않았다. 절대로 수빈과 혼인을 시키지 않겠다고 으름장을 놓았다. 결국 수빈과 옥림은 이별을 해야 했다.

이별의 아픔이 그토록 오래갈 줄 몰랐다. 살다보면 잊힐 줄 알았다.

그런데 늘 가슴 한 구석이 쓰라렸다.

'우린 어디에서부터 잘못된 것이었을까.'

옥림은 수빈을 미워할 수가 없었다. 수빈을 그녀의 가슴에서 내몰지 못했다. 더구나 수자의 갑작스런 죽음은 옥림을 더욱 혼란스럽게 했다. 수자는 수빈의 친구였던 영섭을 사랑하고 있으면서도 내색하지 않았다. 수자의 사랑은 조용했다. 그랬으니 아무도 눈치를 채지 못했다.

신억상은 수빈이 의과대학을 졸업하자, 결혼을 서둘렀다. 수빈도 아버지를 따랐다. 그러나 수자는 달랐다. 영섭이 약혼한 사람이 있다는 사실을 알면서도 사랑했고, 쉽게 포기하지 않았다. 늘 억눌려 살아온 수자에게서 그런 용기가 났는지 모를 일이었다.

수빈에게서 멀어진 사람은 생모도 마찬가지였다. 수빈의 신분상승에 걸림돌이 된다고 생각한 신억상은 따로 살림을 나가 살도록 했던 것이다. 물론 수자도 함께였다. 결국 두 모녀는 비참하게 집안에서 내몰리게 되었다. 그해 가을, 수자는 강물에 몸을 던져 목숨을 끊었다.

옥림은 발길을 돌려 천천히 집으로 돌아왔다. 이미 어머니는 돌아와 있었다.

"수자가 일을 벌인 것은 교수 아들과 연애를 했는데, 후처의 딸이고, 어미가 벙어리란 것을 알고 반대를 했다더라. 그래서 강물에 빠져 죽었다지 뭐냐! 요즘 세상에 양반 상놈이 어디 있겠느냐만 수자가 얼굴만 반반했지, 뭐 볼게 있어야지. 마을 기금 모금한다고 몇 푼씩 걷었는데, 의사 아들 두었다고 허구한 날 자랑하면서 그 영감탱이는 한 푼도 내지 않지 뭐냐. 하기야! 수빈이가 의사니까 이런 저런 것 따지지 않고

쉽게 장가를 갔다만, 수자는 입장이 다르지 않냐. 옥림이 네가 일찍 속
차린 게 얼마나 다행한 일이냐. 아무 소리 말고 잘 하고 살아. 그런데
불쌍한 것, 어릴 때부터 고생하고 크더니만 누가 그리 쉽게 갈 줄 알
았어. 마음은 그래도 착했어. 사람 목숨이 질기다지만 모두 다 헛말이
야. 오랜만에 집에 왔는데 혼자 있어서 심심했겠구나."

"마을을 둘러보고 돌아왔어요."

"아유! 눈꼴사나워라. 죽은 딸년 혼사에 그렇게 많은 혼수장만을 하
다니……. 기가 찰 노릇이야. 죽은 아들 고추 만지는 법이지. 인간의
탈을 쓰고 할 짓이냐? 수자 살아 있을 때 좀 잘할 것이지, 죽은 다음에
원앙금침, 비단 저고리가 무슨 소용 있어. 워낙 급했던 겨. 그놈의 영
감탱이가 허구한 날 수빈이만 싸고돌다가 큰 코 다 친 겨. 그런데 내
일 굿판에 수빈이 내외를 내려오라고 했다는 데, 요즘 젊은이들이 그런
걸 믿으려고 하겠어? 수빈이가 내려올지도 모르니깐 넌 꼼짝 말고 집
안에만 있어라. 나쁜 소문이라도 돌면 큰일이야."

옥림은 가슴이 덜컹 내려앉았다. 얼굴이 붉어지고 호흡이 빨라졌다.
서둘러 방으로 들어와 자리에 누웠다. 온몸의 기운이 빠져나가 빈껍데
기만 남아 있는 듯 했다. 밤새 가위에 눌리고 이명까지 생겼다.

다음 날, 저녁 수자의 명혼(冥婚)식 때문에 온 동네가 술렁거리기 시
작했다. 불을 피운 강가에는 마을사람들이 모여들었다. 옥림은 툇마루
에 올라서서 강가를 내려다보았다. 하지만 쉽사리 그 곳으로 갈 수가
없었다. 옥림의 얼굴에 푸르스름한 긴장감이 돌기 시작했다. 그녀는 누
군가에 이끌리 듯 강 쪽으로 발길을 옮겼다. 땅거미가 내려 앉고 있는

길은 눅눅했다. 둑길 중간쯤에 이르렀을 때였다. 그곳에 수빈이 서 있었다. 수빈도 옥림을 보고 흠칫 놀라는 기색이었다.

"오랜만이야. 언제 왔어?"

수빈이 나직하게 말했다.

"어제……."

"수자 누나 오늘 밤에 시집 가."

"들었어."

옥림의 목소리는 가늘게 떨었다.

"아버지 고집이 어지간해야지."

"아내도 함께 왔어?"

"아니! 그 사람은 기독교인이라서 반대했어."

"하기야, 기독교인이 아니더라도 요즘 세상에 누가 그런 걸 믿으려하겠어."

옥림은 가슴이 아려왔다. 수빈의 모습에서 세월의 흔적이 할퀴고 간 안쓰러움이 보였던 것이다. 광대뼈가 불거진 얼굴은 몹시 피곤해 보였다. 옥림과 수빈은 강둑을 따라 천천히 걷다가 강으로 내려갔다. 밤이 점점 깊어갔다. 영혼을 불러들이는 의식이 시작되었다. 무녀는 하얀 고깔을 쓰고 지푸라기로 만든 인형을 들고 있었다. 영혼을 불러들이는 의식이었다. 꽃대를 잡고 춤을 추는 무녀는 나비처럼 몸이 가벼워보였다. 대나무에 매달린 꽃송이가 강물에 띄워졌다.

얼이 나간 채 몸을 흔들던 무녀가 눈에 광기를 뿜어대기 시작했다.

"원통하고 절통하다. 우리 엄니 불쌍해서 저승으로 가지 못했다오.

부처님의 부름 받아 사람답게 살고 푼데, 발이 시리고 몸이 추워 도저히 갈 수가 없다오. 어머니! 우리 어머니! 어디 계시오. 춥고 배가 고파서 구천을 떠도는 원귀가 되었으니 나와 보시오!"

무녀가 수자 목소리를 내며 생모를 부르고 있었다.

"흐흑."

수자의 어머니가 모래밭에 엎드려 통곡하기 시작했다.

"관세음보살, 관세음보오살! 부처님의 공을 빌어 이 세상에 태어났지만, 꽃가마 한 번 타보지 못하고 생목숨을 끊었는데, 어찌 나 보고만 죄가 있다고 하겠소. 이제라도 호사스런 꽃가마를 태워주니 그 은혜 있지 않으렵니다. 있지 않으렵니다."

모래사장에 밝혀 놓은 모닥불이 활활 타들어갔다.

"비나이다. 비나이다. 칠성님께 비나이다. 죄 많고 허물 많은 중생의 업보를 너그러이 용서하시고, 불쌍하고 불쌍한 중생이 구천을 떠돌지 않도록 해주소서. 꽃다운 원귀를 달래고 어루만져 인도환생 시켜주소서. 이제야 부처님의 공덕으로 천상배필 만나게 되었으니 감사하나이다."

신억상은 주머니에서 지폐를 꺼내 재물대 위에 올려놓고 빌었다. 벙어리 아줌마는 모래밭에 엎드려 흐느껴 울기만 했다. 옥림의 눈가에 물빛이 엉겨있었다. 그녀가 수빈의 얼굴을 올려다보았다. 수빈도 눈시울을 붉히고 있었다. 무당의 춤사위가 거칠어졌다.

"저 깊은 물속에서 나를 건져 예쁜 각시 만났으니 소원 성취하였구나! 우리 각시 어여쁘다. 어디보자! 안아보자!"

무녀는 인형을 서로 마주보게 한 후 포옹하는 시늉을 했다. 사랑 놀음에 가까운 의식이었다. 무녀는 두 인형을 가슴에 품고 모래밭을 빙글 빙글 돌았다. 오십 살은 족히 넘어 보이는 무녀였는데도 소녀라도 된 듯 나풀나풀 춤을 추었다.

"아이고, 어머니! 이승에서 만나지 못한 인연 저승에서 만났으니 이젠 여한이 없습니다. 아무 소리 않고 떠나가겠으니 염려놓으시오. 저승 갈 때 노잣돈이나 두둑이 주옵소서. 빨강치마와 노란저고리 한 벌 마련해 주오. 천상에서 곱게 갈아입을 테니 아깝다 마시고 마련해주오."

무녀는 노골적으로 돈 요구를 하기 시작했다. 신억상은 뭉칫돈을 제사상에 올려놓고 절을 했다.

"걱정마라! 걱정마라! 대를 이을 자손 내려주마. 부처님의 은공으로, 삼신할멈의 은공으로, 신씨 대주 몸에 씨앗이 여물었구나. 새벽닭이 울 쯤 택일하게 될 테니, 걱정마라! 걱정마라! 옥동자로구나! 옥동자야! 천상의 뜻을 빌어 이 세상에 나올 테니 걱정들 하지마라. 금성 신의 정기를 이어 큰 인물이 될 테니 걱정하지마라. 신씨 가문에 광명을 얻을 횡재로구나!"

신억상의 입가에 웃음이 만연했다.

"아이고! 부처님전 비나이다. 우리 가문에 생남자손을 점지해 주시오!"

그 때, 수빈이 담배를 꺼내 물었다.

"오늘 안에 씨를 뿌린다고 웃기는군."

수빈은 무녀의 예언이 빗나갔다고 코웃음을 쳤다. 벌써 10시가 가까워오는데 아내와 잠자리를 하자면 불가능했다. 아내는 서울에 있는 친정에 간다며 아침 일찍 집을 나섰던 것이다. 수빈은 부모의 성화에 내려오긴 했지만 마치 무녀에게 놀아난 기분이었다.

밤 12시가 되어 굿은 끝이 났다. 영혼들의 신방은 문간방에 차려졌다. 원앙금침 위에 두 개의 인형을 뉘여 놓고 합방식을 치뤘다. 방 한가운데에는 반주가 차려졌다. 촛불이 간간이 흔들렸다. 무녀의 그림자가 방안 가득 드리워졌다. 방을 나서는 무녀의 얼굴에 회심의 미소가 가득했다.

"새벽에 닭이 홰를 칠 때까지 합방만 하면 틀림없이 생남할 것이오. 문간방에 차려진 신랑 각시의 사랑이 가득하니 소원성취 할 것이오. 지금 당장 대주를 올려 보내시오."

무녀의 말이 떨어지자마자 신억상은 성급히 수빈을 대문 밖으로 내몰았다. 수빈은 할 수 없이 차에 시동을 걸었다. 긴 한숨을 내뱉으며 핸들을 잡았다. 달빛이 가득해서 시멘트 포장길이 하얗게 드러났다. 그때 한 사람이 시야에 들어왔다. 옥림이었다. 수빈은 차를 세웠다.

"우리 읍내 나가서 술 한 잔 할래?"

"……."

옥림은 말없이 차에 올라탔다. 침묵이 흘렀다. 농로를 빠져나와 국도로 접어들었다. 얼마를 그렇게 내달렸다.

"굿판이 끝나고 집으로 돌아갔는데 머릿속이 혼란스러웠어. 당신을 붙잡아야 한다는 생각뿐이었어. 그래서 그곳에서 기다리고 있었어."

옥림이 말문을 열었다.

"어찌 알고?"

"무녀가 그랬잖아! 오늘 밤을 넘기지 말라고……."

"별 웃긴 잡소리를 다 듣겠더라. 아버지 성화에 이렇게 돌아가지만 아내는 지금 서울 친정에 가고 없어. 오늘 밤 내 술친구 좀 되어줘라. 도저히 맨송맨송한 정신으로 돌아갈 수가 없어."

"그래도 무당이 허튼 소리 한 것 같지는 안던데? 뭔가 섬뜩하더라고."

"마음이 허해서 귀신이 어쩌고 하는 거야!"

수빈은 그렇게 말을 하면서도 눈동자가 흔들렸다.

"저기 호프집이 보인다! 가볍게 한 잔하고 가자!"

그들은 허름한 가게에서 마주하고 앉아 잔을 기울였다. 조명을 뒤로하고 앉은 수빈의 얼굴이 수척해보였다. 잔주름도 골골이 새겨져 있었다.

"세월이 참 많이 흘렀어."

"그래."

옥림은 가슴이 아파왔다.

"어쩌다 우리는 부부가 될 수 없었을까."

수빈은 혼잣말로 나직하게 중얼거렸다.

"욕심 때문이었지. 어쩜 업보 때문인지도 모르고……."

그들은 오랫동안 가슴에 담아두었던 감정을 쏟아내기 시작했다.

"도저히 아버지의 뜻을 거역할 수가 없었어. 아니 좀 더 솔직히 말하면 돈과 명예에서 빠져나올 수가 없었던 거야! 하지만 마음은 늘 널 향해 있었어."

"지나간 이야기는 그만 해."

옥림은 얼굴을 떨어뜨린 채 눈물을 흘렸다.

"나, 취했나봐. 수빈이 앞에서 눈물을 다 보이다니. 많이 늦었는데

술이 좀 깨면 떠나.”

그들은 호프집에서 나와 길을 걸었다. 늦은 시간이라서 지나가는 차량도 뜸했다. 어느 새 그들은 두 손을 꼭 잡고 있었다. 달빛이 들녘에 낮게 내려앉고 있었다.

“어머! 온통 배꽃 밭이야! 이렇게 만개한 것은 처음 봐.”

“정말 멋지구나! 한 폭의 그림 같아!”

옥림은 수빈이 이끄는 대로 작은 언덕을 내려갔다. 배꽃 잎이 둥둥 떠 있는 밭 가운데에 앉아 하늘을 올려다보았다. 배꽃이 바람에 흔들거렸다. 수빈이 옥림을 꼭 껴안았다. 수빈의 따뜻한 체온이 옥림에게 전해졌다. 버석거렸던 두 입술이 맞닿았다. 그들은 꼭 껴안은 채 배꽃나무 아래에 누웠다. 풀썩 풀 향기가 날렸다.

“오늘 밤은 수자 누나 시집가는 날이야. 누나가 저승에서 첫 날밤을 보내고 있을까? 정말 그랬으면 좋겠어. 누나가 그 곳에서는 행복했으면 좋겠어.”

수자 시집가는 날!

그들은 달빛이 내려앉는 배꽃 나무아래에서 오랫동안 수자를 생각했다.

애플 아기

애플 아기

진통이 시작되었다. 점점 시간이 단축되는 느낌, 숨이 끊어질 듯 규칙적인 통증이 엄습해왔다. 쩍 갈라진 입술에서 핏물이 흘러나왔다. 문득 여자는 산고야 말로 고통의 극점이라는 생각을 했다. 정말 거짓말처럼 잠시 멈추었던 진통이 허리를 휘감았다. 여자는 손을 부르르 떨며 비명을 토해냈다. 정신 병동은 곧 아수라장이 되었다. 여자는 신경정신과에서 산부인과로 옮겨지는 동안 마음껏 비명을 질렀다. 오히려 진통이 시작되면서 속이 후련하기까지 했다. 검은 원피스를 입고 있던 여자의 엄마가 어이없다는 표정을 짓고 있었다.

정말 어디가 아픈 거니?

몰라서 물어? 애가 나오려고 하잖아. 아직도 내 말을 믿지 못하는 거야.

사실 진통이 시작된 것은 며칠 전부터였다. 여자는 신경정신과 의사에게 아기가 나오려고 한다고 말했었다. 하지만, 의사는 듣는 둥 마는 둥 했다. 단지 그녀의 병이 점점 깊어가고 있는 증상일 뿐이라고 여기는 듯했다. 결국 산부인과 응급실로 옮겨지고 나서야 그녀가 거짓말을 하지 않았음이 드러났다.

늘 여자의 귀에는 사과나무의 울음소리가 들렸다.

사과나무의 울음소리가 들려! 사과나무가 날 찾아왔나봐! 아기를 또 빼앗아가려고 해!

여자가 배를 움켜쥔 채 울부짖었다.

사과나무가 어디 있다는 거야. 그런 건 이제 없어. 아무도 널 괴롭히지 않아. 제발 정신 좀 차려.

그녀는 무서울 정도로 냉랭한 표정을 지으며 여자의 손을 꽉 붙잡았다. 그러자 여자가 손을 세게 뿌리쳤다. 계속해서 여자는 사과나무 형상을 하고 있는 남자의 목소리가 들린다고 중얼거렸다.

여자는 평범한 여자로 살고 싶었다. 하지만 그녀에게 있어서 평범하다는 말은 책갈피에서 건조된 빛바랜 나뭇잎처럼 바삭거렸다. 밤낮으로 환청에 시달리던 여자는 급기야 자살을 세 번이나 시도 했었다. 아무리 발버둥 쳐도 사과나무의 울음소리에서 벗어날 수 없었다. 날마다 딱딱한 가지를 펼쳐들고 사과나무가 찾아왔다. 밥을 먹을 수도 잠을 잘 수도 없었다. 텅 빈 뇌리를 덮쳐오는 끈끈한 액체, 그것은 사과나무의 수액이었다. 그 사과나무를 피해 달아나려고 발버둥치다가 과수원에 쓰러진 적도 몇 번 있었다.

주치의와 면담하던 날이었다. 여자는 사과나무가 의붓아버지라고 말했다. 자신의 아기를 빼앗아간 건 분명 엄마라고 진술했다. 그런데 여자가 그런 이야기를 하면, 의사는 수면제가 섞인 약을 처방했다. 무슨 일을 저지를지 모르기 때문이었다. 여자가 자살을 할 수도 있다는 생각에서였다. 강제로 먹은 약 때문에 여자는 늘 몽롱했다. 아니 지냈다기보다는 거의 혼수상태에서 빠져있었다. 손가락 하나 까닥할 힘도 없을 만큼 온몸이 축 늘어진 채 사과나무 꿈을 꾸었다.

한동안 잠잠했던 여자의 아랫배가 점점 끊어질 듯 아파왔다. 드디어 산부인과 분만실 의사가 신발을 질질 끌며 나타났다. 부스스한 얼굴로 다가온 의사가 여자의 옷을 걷어 올렸다. 컥컥거리며 거칠게 숨을 몰아쉬고 있던 여자가 빨리 아기를 꺼내달라고 애원했다. 의사는 불룩한 여자의 복부를 보고 흠씬 놀라는 기색을 보이더니, 환자가 이 지경이 되도록 내버려두었냐고 엄마에게 화를 냈다. 여자는 그 소리를 듣고 흥분을 가라앉힐 수가 없었다. 처음으로 자신을 믿어주는 의사를 만났다는 생각이 들었기 때문이었다. 의사가 엄마를 카운터로 불러냈다. 그리고 간호사에게는 여자를 검사실로 데려가 기본 검사를 하라고 지시했다.

검사를 왜 받는 것이냐고 여자가 불평을 늘어놓았다. 죽을 것 같으니까 빨리 고통에서 벗어나게 해달라고 했다. 당장 마취를 시키고 부풀어 오른 복부에서 아이를 꺼내지 않으면 아이가 죽을지도 모른다고 말했다. 하지만 간호사는 알아서 할 테니까 조금만 참으라는 말을 할 뿐이었다. 검사가 끝나자, 여자는 대기실로 옮겨졌다. 그 때였다. 옆방에 있던 산모들의 비명소리가 들려왔다. 여자는 눈을 멀뚱거리며 천정을 올려다보았다.

앗, 배가 아프지 않다. 왜 배가 아프지 않지? 저 여자들처럼 배를 비틀어 짜는 통증이 어쩌자고 오지 않는 거야.

어이가 없었다. 팬티에 붉은 이슬까지 보였는데 진통이 멈춘 이유를 알 수가 없었다. 손을 뻗어 배를 만져봤다. 배가 전보다 부르지 않다는 생각이 들었다. 정말 큰일이었다. 사과나무의 아이를 보란 듯이 낳아야 했다.

환자 상태가 너무 심각하다는 검사 결과가 나왔다. 의사는 이 지경이 되도록 진료를 받지 않았다는 게 믿어지지 않는다는 말을 또다시 했다. 엄마의 얼굴이 새파랗게 경직되더니 아무런 말을 하지 못했다. 차트를 기록하는 의사의 얼굴표정이 심상치가 않았다. 여자는 의사의 얼굴을 살폈다. 그렇다면 그도 아기를 꺼낼 수 없다는 말인가. 여자는 갑자기 우울해졌다. 여자는 침대 손잡이를 붙들고 흐느껴 울기 시작했다. 하나같이 한통속이라는 생각이 들었다.

점점 통증이 가라앉고 있었다. 무슨 생뚱맞은 일인지 모를 일이었다. 하늘이 샛노랗게 변할 정도로 아파야 아기가 나온다고 했던가. 정말 그랬던가 싶었다.

여자는 처음 아이를 낳을 때를 생각했다. 기억이 도무지 떠오르지 않았다. 엄마가 조심스럽게 간호사에게 다가오더니 개인 산부인과에서는 상상임신이란 진단이 내려졌다고 말했다.

아기를 살려줘. 제발

여자가 침대에서 떨어져 바닥을 나뒹굴며 울부짖었다. 주위에 있던 간호사 두 명이 달려들어 여자를 부축했다.

아무 걱정하지 마. 잘 될 거야. 숨을 깊게 쉬어봐.

엄마가 여자의 손을 잡았다.

사과나무가 올라오고 있어. 계단을 타고 이곳으로 오고 있어. 무서워. 악!

여자가 팔과 다리를 부르르 떨며 발작을 일으켰다. 이미 두 눈의 검은자위가 사라지고 없었다.

멀쩡한 내가 미쳤다고? 정신 병원에 집어넣은 엄마의 말로가 만천하에 드러나는 순간이야. 세상이 두렵지? 더 이상 변명하지 마.

여자가 떠들어댔다. 경련이 잦아들자, 여자가 무릎을 세워 잔뜩 배에 힘을 주었다. 짜르륵하고 배가 당겼다. 여자의 질에서 뜨거운 액체가 주르르 흘러내렸다. 간호사가 여자의 팔에 주사를 놓았다. 그러자 서서히 여자가 늘어지기 시작했다. 안정제 처방으로 조용해진 여자의 얼굴은 너무도 평온했다. 엄마는 입원 수속을 밟느라고 병동 아래위를 오르락내리락했다.

여자가 정신이 들어 눈을 떴을 때는 진통을 겪던 산모들도 모두 애를 낳고 입원실로 돌아간 뒤였다. 그런데 여자는 분만실도 아니고 그렇다고 병동도 아닌 대기실에 누워있었다. 여자가 하체를 움직였다. 뻐근하게 아랫배가 당기면서 뜨거운 액이 흘러나왔다.

하혈이 심해요. 그래서 수술을 미루고 있어요. 내일이면 정확한 진단이 나와요. 조금만 참아요.

하혈을 하고 있다고요? 왜죠? 아이를 낳기 전에 왜 피를 쏟는 거죠?

간호사는 링거를 조절할 뿐 더 이상 대꾸를 하지 않았다. 진통이 거의 사라지고 없었다. 여자는 맞고 있는 링거 때문이라고 생각했다. 어쩌면 자신의 엄마가 아무도 몰래 링거 속에 아기가 사라지는 약을 넣었을지도 모른다고 여겼다. 여자의 목덜미에는 땀으로 끈적끈적했다. 살이 접힌 곳은 가렵기까지 했다. 또 다시 여자의 눈꺼풀이 무겁게 가라앉았다. 졸음이 몰려왔다. 잠들면 모든 게 끝이라고 생각한 여자가 주먹을 불끈 쥐었다. 이대로 잠들어버린다면 팔과 다리가 묶인 채 죽을 지도 모를 일이었다.

다음 날 아침, 여자가 잠에서 깨어났을 때 복부가 터질 듯이 당겼다. 팬티를 내리자 벌건 피가 다리 사이에서 흘러내렸다. 좌변기에 걸터앉자 붉은 피가 섞인 소변이 쏟아졌다.

산모용 생리대를 해도 흘러나오는 피를 감당하지 못했다. 그래서 전문 과장이 출근을 하자마자 여자는 곧장 수술로 옮겨졌다. 수술대에 눕혀진 여자의 팔과 다리는 옴짝달싹 할 수 없을 정도로 가죽 끈으로 묶여졌다. 국화 빵틀 같은 조명등에서 빛이 뿜어져 나왔다. 그때까지도 여자는 포기하지 않았다.

조금 있으면 아이가 세상 밖으로 나올 거야. 더 이상 수면제를 먹지 않아도 돼. 이번에는 아기를 데리고 사과나무가 없는 곳으로 갈 거야.

수술실로 마취사가 들어왔다. 여자의 외쪽 팔에 주사 바늘을 꽂았다. 하나, 둘, 셋 누군가 여자에게 숫자를 세라고 했다. 여자가 입술을 벌려 천천히 숫자를 셌다. 턱하고 숨이 찼다. 마치 전기에 감전된 것과 같은 뜨거운 기운이 여자의 몸을 휘감았다. 잠시 나락으로 떨어진 의식이 주춤거렸다. 여자의 몸이 축 늘어졌다.

여자가 눈을 떴을 때 하얀색으로 가득한 방에 눕혀져 있었다. 하얀 가운을 입은 간호사가 둘이 다가오더니 여자를 침대 쪽으로 들어올렸다. 여자는 컴컴한 벽 속에 갇힌 기분이 들었다. 몸을 움직일 수도 없었다. 간호사가 다가오더니 여자의 볼을 탁탁 쳤다.

정신 차려요! 이제 그만 자요!

자다니 이게 무슨 소리인가.

여자가 중얼거렸다. 잠시 형광등 푸른 불빛처럼 의식이 껌벅거렸을 뿐인데 잠에서 깨어나라니 말이 되지 않았다. 여자가 다리를 천천히 움직여보았다. 하지만 전혀 몸이 말을 듣지 않았다. 젖은 낙엽처럼 축 늘어진 채 자꾸 아래로 가라앉는 기분이 들었다. 여자는 자신에게 무슨 일이 있었는가를 생각했다. 아이를 낳기 위해 수술실로 들어갔었다는 기억이 희미하게 떠올랐다. 수술실의 모든 과정을 지켜본 것 같은 착각을 불러 일으켰다. 아기의 울음소리도 들었던 것 같고, 수술도구가 달그락거리는 소리도 들었던 것도 같았다.

아기는 어디 있어요?

여자가 소변 양을 체크하고 있던 간호사에게 물었다. 하지만 간호사는 입을 움씬 거릴 뿐 말대꾸를 하지 않았다. 약 기운이 여자의 눈언저리에 찐득하게 남아 있었다. 말도 제대로 나오지 않았다. 여자는 간호사가 들어올 때마다 아기를 데려오라고 졸랐다.

여자는 집중관리실을 거쳐 일인용 병실로 옮겨졌다. 그 때서야 아이의 소식을 들을 수 있었다.

아기는 없었어요. 대신 커다란 혹이 자궁을 덮고 있었어요. 속이 엉망이라서 자궁적출시술을 했어요. 받아들이기가 어렵더라도 살아난 것으로도 다행으로 여기세요. 혹시나 해서 세포 일부를 떼어내어 조직 검사에 들어갔어요. 암 일수도 있으니까요. 젊은 나이라서 받아들이기 힘들 겁니다. 하지만 병원 처방을 잘 따라 주세요. 그래야 빨리 낫을 수 있어요.

아기는 처음부터 존재하지 않았다니 어떻게 믿으란 말인가. 여자는 담당 의사를 불러 달라고 소리쳤다. 그러자 당직 의사가 들어왔다. 여자의 얼굴에 소름이 오소소하게 돋는가 싶더니 곧 쇼크 상태에 빠져들기 시작했다. 의사도 간호사와 똑같은 말을 했다. 아기를 가졌던 게 아니라 자궁 근종이었다고 말했다. 여자는 의사가 거짓말을 하고 있는 게 분명하다고 생각했다. 자신의 엄마와 미리 짜고 아기를 빼돌린 것이 틀림없다고 말이다. 의사가 돌아가고 엄마와 수간호사가 들어왔다. 여자의 두 눈은 핏발이 잔뜩 서 있었다.

아기는 어디에다 숨겨놓았어!

그러자 엄마와 수간호사가 암울한 표정을 지었다. 주춤거리고 서 있던 수간호사가 메모지를 꺼내 여성의 성기를 서툴게 그렸다. 한쪽이 일그러진 자궁을 여자의 얼굴 가까이 드밀더니 송두리째 볼펜으로 죽 그어버렸다. 볼펜 똥이 찍하고 그림 위에 번졌다. 수간호사는 급성으로 자란 근종이 아기 머리 크기만 했다는 둥, 지금은 모든 게 깨끗하게 처리되었다는 둥, 여자가 알아듣지도 못하는 말을 했다. 그나마 전문의를 만나서 수술이 성공했다며 호들갑을 떨었다. 뭐가 그토록 잘 되고 기쁜 일인지 모를 일이었다. 여자가 흐느껴 울면서 돌아누웠다.

목에 고인 가래 때문에 가슴이 아팠다. 수술 부위도 몹시 쓰라리고 당겼다. 얼마 전까지만 해도 여자는 태동을 느꼈을 뿐만 아니라 만삭이라서 제대로 걷지도 못했다. 더구나 초산이 아닌 탓에 임신증상을 자세히 알 수 있었다. 처음에는 너무 어려서 아무 것도 모르고 애를 낳았다지만 두 번째는 달랐다.

임신 자각이 되던 어느 날이었다. 동네 산부인과에서 진찰을 받았다. 의사는 소변 검사와 초음파를 하더니 대뜸 상상임신이라고 말하는 것이었다.

상상임신이라니요? 생리가 없을 뿐만 아니라, 가슴이 커지고 유두가 검붉은 색으로 변했는걸요. 심지어 먹는 음식마다 토악질을 했어요. 그런데 상상임신이라고 한다면 어떻게 믿을 수 있겠어요.

여자는 눈물이 그렁그렁한 채 의사에게 대들었다. 그러자 곁에 서있던 엄마가 이젠 더 이상 참을 수 없다며 날카로운 비명을 질렀다. 병원을 나오자, 한 남자가 차에서 엄마를 기다리고 있었다. 엄마가 남자를 노려봤다.

의사가 뭐래?

남자가 물었다.

아무 일도 아니야. 관심 꺼.

퉁명스럽게 엄마가 쏘아 붙였다. 남자의 눈빛이 가늘게 흔들렸다. 남자가 아무 일도 없었다는 듯 시동을 걸었다.

그날 밤이었다. 여자는 악몽을 또 다시 꾸기 시작했다. 굳게 잠긴 창문이 통째로 들리더니 사과나무가 쑥 들어섰다. 그리고는 여자가 누워있는 침대 모서리에 걸터앉더니 에코가 들어간 목소리로 속삭이기 시작했다.

널 사랑해. 널 사랑해. 나의 애플 아기야.

싫어. 난 애플 아기가 아니야.

남자가 여자의 어깨를 짓누르며 달려들었다. 하지만 행동이 어찌나 빨랐던지 꼼짝달싹 하지 못했다. 다만 여자의 신음소리만 간헐적으로 입술을 비집고 나올 뿐이었다. 아무도 남자가 여자를 찾아온 사실을 알지 못했다. 오히려 여자가 꿈 이야기를 한다고 믿었을 뿐이었다.

수술 경과가 좋아지자, 여자는 다시 신경정신과로 옮겨졌다. 옮겨졌다는 표현보다는 끌려갔다는 게 어울렸다. 여자가 잠든 사이 오달이라고 부르는 남자 간호사 두 명이 들어와 불끈 안아 올렸다. 여자는 자신이 점점 미쳐 가고 있다는 느낌을 받았다. 여자는 허구한 날 잠만 잤다. 며칠 째 잤는지 생각나지 않았다. 밥을 먹었는지, 화장실을 다녀왔는지 기억마저 희미했다. 흔들리는 의식을 겨우 잡았다. 침대 등받이에 기대고 앉아 음식을 먹었던 것도 같고, 간호사의 어깨에 기댄 채 화장실을 다닌 것도 같았다. 불빛이 눈꺼풀 위에 가득 내려 앉아 있는 것으로 보아 밤이 된 모양이었다. 발가락을 꼼지락거려봤다. 이제 여자는 죽을 기력조차 없었다.

자살을 처음 기도했던 때였다. 면도날로 손목을 세로로 긋던 날 어이없게도 얼굴이 벌겋게 달아 오른 사과나무에게 들키고 말았다. 나중에서야 알았지만 정말 죽기를 작정한 사람은 세로로 동맥을 끊지 않는다는 것이었다. 손목을 끊는다는 표현보다는 그었다는 게 적당할 것이다. 어찌되었든, 사과 밭에서 일을 하고 있던 사과나무가 나를 발견했다. 엠블런스가 오고, 동맥 봉합수술을 하고 신경정신과로 옮겨졌다.

여자가 눈을 뜨고 창문을 바라보았다. 사과나무가 푸릇한 이파리를 흔들어 여자에게 손짓을 해 보이는 것이었다. 10층이나 되는 병실까지 사과나무가 찾아왔다는 게 믿어지지 않았다. 잠시 여자가 꿈을 꾸었다거나, 환시(幻視)였다고 밖에 달리 설명할 수가 없는 일이 벌어지고 있었다. 사과나무는 지독한 스토커였다. 병실이 30층이라고 해도 벽을 타고 찾아왔을 것이다.

겨드랑이에서 식은땀이 주르르 흘러 내렸다. 몸을 움직이자, 아랫배를 꿰맨 부위가 몹시 쓰라렸다. 테이프를 떼고 간호사가 몇 번 소독을 했는데도 염증이 생겼다. 눈꺼풀을 힘없이 떴다. 쏴, 하고 바람소리가 들려왔다.

아버지가 세상을 뜨기 전까지만 해도, 엄마는 백화점 세일 기간을 수첩에 메모하는 재미로 살아갔다. 그런데 갑자기 아버지가 교통사고 세상을 뜨자, 시골로 내려가 사과 농장을 하겠다고 선언했다. 그 때 여자의 나이 열두 살이었다. 처음엔 사과 농장이 아니라 사과밭 정도라고만 상상했다. 그런데 막상 시골로 내려와서 보니까, 끝이 보이지 않을 만큼 넓은 사과 농장이었다. 하지만 인부들을 사서 농사를 짓는다는 게 쉽지가 않았다. 엄마는 자외선을 많이 쐬면 얼굴에 기미가 생긴다면서 인도 여자들처럼 수건을 둘둘 감고 살았다. 백화점 세일을 찾아다니며 우울증을 풀던 엄마가 사과농사를 짓는다는 게 처음부터 억지였다. 사과 농장으로 이사 온 지 얼마 되지 않아서였다. 농장에 낯선 남자의 그림자가 보였다. 해가 질 무렵이면, 그 남자는 사냥개처럼 사과나무 사이를 누비고 다녔다. 때때로 사과나무가 되어버린 양 나무 기둥에 서서 꼼짝도 하지 않고 서 있다가 돌아갔다. 언젠가부터 낯선 남자는 더 이상 사과나무 주위를 맴돌지 않았다. 낯설다는 말도 어울리지 않았다. 그 남자는 여자 아이가 빵을 좋아한다는 사실을 알고 날마다 빵을 사왔다. 배가 고프지 않아도 여자 아이는 남자가 사온 빵을 허겁지겁 먹어치웠다. 왜 그랬는지 알 수가 없었다. 이젠 빵을 먹지 않을래요? 라고 말했을 땐, 이미 남자는 여자 아이와 함께 살고 있었다.

학교가 끝나도 여자 아이는 집안으로 들어가지 않았다. 사과나무에 걸터앉아 지붕을 등지고 있는 해를 바라보았다. 겁먹은 소녀의 검은 눈은 늘 집을 향해 있었지만 창문 앞에 턱 버티고 서 있던 남자가 두려웠던 것이다.

단추 하나만 누르면 기억들이 완전히 지워버릴 수 있으면 좋으련만.

여자는 몸을 움직이면서 중얼거렸다. 솜털이 보송보송한 어린 소녀의 가슴을 서슴없이 더듬던 남자의 손이 떠올랐다. 엄마가 서울 가던 날이었던 것 같다. 남자는 사과나무 이파리들을 몸피에 가득 달고 여자 아이에게 달려들었다. 계속해서 사과나무가 긴 가지를 뻗어 스멀스멀 방안으로 기어 들어왔다. 놀란 여자는 허깨비를 본 것이 아닌가하고 침대에서 벌떡 일어나 앉았다. 사과나무는 손가락처럼 유연하게 가지를 쭉쭉 펼쳐 들었다. 겁에 질린 여자는 뒷걸음치다가 그만 침대 위에 나뒹굴고 말았다. 딱딱했던 사과나무가 유연해지면서 여자의 몸을 휘감아대기 시작했다. 그런데도 비명조차 지르지 못했다. 겁을 먹었던 탓이었다. 사과나무는 거침없이 여자의 치마를 속으로 들어왔다. 곧 차가운 이물질이 여자의 성기를 헤집고 들어왔다. 너무 아팠다. 통증이 질 벽을 타고 허벅지까지 쿡쿡 쏟아졌다. 하지만 사과나무는 아프다는 신음을 토해낼 틈도 주지 않았다. 얼마 후, 여자의 몸속에서 사과나무가 빠져나갔다. 미끄덩한 액체가 여자의 질에서 꾸역꾸역 밀려나왔다. 그제서야 성교통이 멎어버렸다.

여자는 집 앞에 있는 사과나무의 휘파람소리를 들었다.

다음날 아침, 여자는 이상한 꿈을 꾸었다고 생각했다. 그런데 눈물이 쉴 새 없이 흘러 내렸다. 여자는 알몸 상태로 누워있었다. 사실 자신에게 일어난 일이 큰일인지 아닌지조차 구별되지 않았다. 성숙한 여자가 되려면 이상한 꿈을 꾼다고 말한 엄마의 말을 믿었다. 가끔 그녀 자신도 그런 일들이 꿈이었는지 현실이었는지 혼란스럽기까지 했다. 분명한 것은 여자의 유두가 그 남자의 타액을 아직도 잊지 않고 있다는 것과 일정 주기로 음모가 파르르 떨며 올올이 선다는 것이었다. 더구나 배란기가 되면 몸에 손끝만 닿아도 전율이 퍼졌다. 몇 초 동안 이어지는 짜릿한 전율, 배설하고 싶은 욕망은 갈수록 심해졌다.

여자가 몸을 비틀었다. 약 때문인지 뇌리에 얇은 캡슐막이 뒤덮고 있는 듯 통증까지 왔다. 이어 가슴 위로 묵직한 바윗덩이가 짓누르는 갑갑증까지 엄습했다. 천장과 벽은 베이킹파우더를 섞어 반죽한 밀가루처럼 울룩불룩 기포가 솟아올랐다. 창 밖에서 무언가가 푸드득거렸다. 새의 날갯짓 같았다. 어쩌다 이 밤에 이곳까지 새가 날아왔을까. 여자가 창밖을 바라보았다. 그런데 새가 아니었다. 건강진단을 위한 홍보용 플랜카드였다. 그것이 깃발처럼 펄럭이며 창문을 두드렸던 것이다. 플랜카드가 바람에 나부끼는 소리는 지친 새의 날갯짓처럼 힘없이 푸득거렸다. 붉은 글씨는 형체를 알아 볼 수가 없었다. 그나마 찢어진 그 깃발이라도 없었다면 창문을 바라보는 것조차 포기 했을 것이다.

사과농장도 늘 깃발이 펄럭였다. 까치들이 달고 실한 사과만 골라

쪼아 먹는 바람에 잘게 찢은 천 조각을 나무에 매달아두었다. 색동천들이 바람에 휘날릴 때마다 새들도 일제히 날아올랐다. 달고 실한 사과를 먹기 위한 자세였다. 그런 탓에 엄마의 사과 농장은 늘 적자였다. 농약값조차 갚지 못해 아버지의 퇴직금이 조금씩 베어졌다.

어느 날 부터인가, 여자가 풋사과를 달게 먹기 시작했다. 그 때 그녀의 나이는 열여덟이었다. 푸른 사과를 한입 물면 새콤한 향이 메스꺼운 속을 달래주었다. 나날이 피부도 푸석푸석해졌다. 머리카락은 끝이 갈라지고 한 움큼씩 빠졌다. 몇 달 후, 배가 불러왔다. 겁이 덜컥 났다. 전화 상담원에게 전화를 걸어 사과나무와 섹스를 했는데 임신이 될 수 있느냐고 물었다. 여성 상담원은 도대체 나이가 몇 살인데 그런 질문을 하는 거냐고 혀를 끌끌 찼다. 하지만 여자의 배는 점점 불러왔다. 결국 집에서 아이를 낳게 되었다. 여자는 진통을 겪는 동안 신음소리가 밖으로 새나갈까 봐 수건으로 입을 틀어막았다. 어찌나 진통이 심했는지 여자의 얼굴이 온통 피멍으로 번져 있었다. 여자가 마지막으로 힘을 주자, 물컹한 게 질 안에서 쏟아져 나왔다. 다리 사이로 끈끈한 액체가 흘러나왔다. 그런데 아기가 울지 않았다. 모든 게 조용했다. 곁에 있던 엄마도 아무 말이 없었다. 여자가 고개를 들고 아기가 있는 곳을 쳐다보았다. 아기는 얇은 이불에 둘둘 말려 있었다. 여자는 검붉은 선홍빛으로 변한 아기의 얼굴이 보며 몸을 오들오들 떨었다. 그 때, 아기가 캑캑거리며 고양이 울음소리를 냈다. 여자는 귀를 틀어막았다. 엄마가 그 핏덩이를 들고 나갔다. 멀리 땅 파는 소리가 들려왔다. 여자가 엉금엉금 기어 창문을 붙들고 섰다. 달빛이 하얗게 부서지고 있었다. 엄마는 계속해서 삽질을 했다. 엄마가 아기를 안고 구덩이 속으로 들어가려는 순간이었다. 아기가 울어댔다. 엄마는 얼른 아기의 입을 손으로 틀어막았다. 십 분쯤 지났는데도 엄마가 구덩이에서 나오지 않았다. 도대체 그 속에서 무엇을 하는 것인지 알 수가 없었다. 여자는 더 이상 서 있지 못하고 자리에 쓰러지고 말았다.

여자가 입원한 병실은 일인용이었다. 몸을 자해할 수 있다는 진단이 내려졌기 때문에 혼자 있게 한 것이다. 병원에서는 일인용 입원실을 독방이라고 불렀다. 몇 번 병원을 들락거린 덕분에 여자는 별이 세 개나 붙어있었다. 그래서 특수감시를 받았다. 그런 환자들 대부분 잠을 많이 잤다. 지금, 여자는 스스로 잠을 잘 수도 깨어날 수도 없었다. 산부인과를 퇴원한 이후부터 수면효과가 큰 바리움을 투여했기 때문이다.

여자가 손으로 입을 문질렀다. 갈라터진 입술에서 피가 났다. 손을 뻗어 머리맡에 있던 벨을 눌렀다. 화장실에 가고 싶었던 것이다. 오랜만에 느껴보는 생리현상이란 생각이 들었다. 벨소리를 듣고 들어온 담당 간호사가 침대 모서리에 끈으로 묶여있던 여자의 손과 발을 풀었다.

언제까지 짐승 취급할 거야.

사고 칠 까봐 그래요.

이젠 그럴 힘도 없어요.

사실 잠들었을 때나 깨어있을 때나 문어처럼 축 늘어졌다. 여자는 간호사의 부축을 받으며 화장실로 갔다. 그곳에서 옆 호실에 입원중인 여자와 정면으로 마주쳤다. 그녀도 간호사의 감시를 받으며 화장실을 왔던 모양이었다. 그녀들은 서로 모른 척 했다. 독방으로 돌아오자, 다시 팔과 다리가 묶여졌다. 또 의식이 희미하게 갈라졌다. 그 때였다. 옆방 여자의 가냘픈 신음소리가 들려왔다.

여자가 두 번째로 손목을 긋던 날, 옆방의 그녀도 손목에 붕대를 칭칭 감고 응급실로 실려 왔다. 입원실이 없어서 하루를 그녀와 함께 보냈던 게 인연이라면 인연이었다. 그 당시 간호사가 그녀를 침대에다 꽁꽁 묶으려고 하자, 그녀가 몸부림 쳤다. 그때, 그녀의 주머니에서 무언가가 쨍그랑하고 떨어졌다. 작은 손거울이었는데 담당 간호사가 얼른 거울을 주워들었다. 그러자 그녀는 마치 어린아이처럼 거울을 달라고 졸랐다. 여자에게 거울의 의미는 여러 가지를 뜻했다. 어쩌면 살고 싶다는 간절한 소망일 수도 있었다.

여자가 계획했던 죽음은 결코 침대에 꽁꽁 묶인 채로 죽는 방법이 아니었다. 자신이 죽은 모습을 발견한 첫 번째 목격자는 바로 엄마가 될 테니까, 추한 모습을 보이고 싶지 않았던 것이다. 세 번째 자살을 기도했을 때, 엄마가 일찍 돌아오지만 않았어도 여자의 계획은 거의 성공적이었다. 목욕탕 문을 잠그고 일을 시작했었다. 좌변기에 손목을 걸쳐놓은 다음 준비한 면도날로 동맥을 그어버렸다. 세로가 아닌 가로였다. 정말 죽고 싶었다. 붉은 피가 솟구치며 아래로 주르르 흘러내렸다. 좌변기 안에 고여 있던 파란 세척제와 핏물이 섞여 붉은 보랏빛을 띠었다. 타일 바닥에 한 방울의 피도 흘리지 않으려고 좌변기를 꽉 끌어안고 있었다. 그런데 외출에서 일찍 돌아온 엄마가 여자를 발견하고 말았다. 그 어떤 방법보다 완벽에 가까웠다. 가물거리는 의식 한가운데 엄마의 얼굴이 보였다. 또다시 엠블런스가 농장으로 들어 왔고, 여자는 곧 응급실로 이송되었다.

드르륵하고 중간 문이 열리는 소리가 들려왔다. 병실로 들어오려면 중간 문을 통과해야하는데, 병동 사람들은 그 문을 지옥의 문이라고 불렀다. 중간 문은 열릴 때마다 소리가 났다. 바닥을 훑고 지나가는 그 소리는 섬뜩했다. 어둠 속에서 홀로 둥둥 떠다니는 고통에서 빠져날 수 없을 것 같은 소리였다. 지옥의 문으로 들어서는 주치의의 발자국 소리는 둔탁하면서도 일정한 리듬을 갖고 있었다. 단번에 알아맞힐 수 있는 것은 그 때문이었다. 주치의가 중간 문에서 여자의 병실까지 오는데 아홉 번의 걸음이면 충분했다. 여자는 재빨리 눈을 감고 잠이 든 것처럼 고른 숨소리를 냈다. 그에게 시달리느니 차라리 잠들어 있는 척 하는 게 편했다. 독방으로 들어온 주치의는 사과나무에 대한 이야기를 노골적으로 물어왔다. 그동안 사과나무 이야기는 관심도 없었는데 무슨 일인지 모를 일이었다.

그 사과나무 말인데, 사과나무는 의붓아버지가 맞지? 아가씨가 산부인과에서 수술을 받는 동안 중요한 사실을 알아냈지. 아가씨는 이미 출산한 경험이 있었어. 언젠가 사과나무의 아이를 낳았다는 말은 거짓이 아니었어. 누구의 아이인지 몰라도 분명한 사실이었어.

여자는 가슴이 쿵쿵 뛰었지만 꿈쩍도 하지 않은 채 눈을 감고 있었다. 주치의는 차트를 뒤적이면서 여자의 이름을 나직하게 불렀다. 저음이지만 뭔가 훤히 알고 있다는 투였다. 여자는 못들은 척 했다. 그러자 그가 발목의 끈을 잡아당겼다.

나는 당신 편이야.

주치의는 같은 말을 반복했다. 여자는 주치의에게 말려들지 않기 위해 입술을 질겅질겅 깨물었다.

남자들의 비해 여자들의 자살 성공률이 현저하게 낮다는 이유는 삶을 포기하고 싶어서가 아니야. 누군가에게 자신의 정체를 확인시키기 위한 행동이지. 아가씨도 살고 싶었던 거야. 맞지?

여자는 주치의의 집요한 질문을 무시했다. 얄팍한 동정에 휘말리고 싶지 않았다.

병원에 실려 온 게 이번이 몇 번째인지 알아?

주치의는 계속해서 질문을 퍼부었다. 여자는 속이 메스꺼웠다. 더 이상 참지 못할 것 같았다. 여자가 눈을 번쩍 뜨고 그를 노려봤다. 그러자 주치의의 태도가 조금 누그러졌다. 이제는 자세를 낮추어 상투적인 질문을 퍼붓기 시작했다. 아직도 사과나무 탓으로 생각하느냐고 물었다. 그러자 여자는 발작 증세를 보이기 시작했다. 온몸이 부들부들 떨리고 마비 증상이 왔다. 흠씬 놀란 주치의는 간호사를 부르더니 응급처치를 하라고 지시했다. 얼마 후, 여자는 안정을 되찾았다. 그리고 곧 잠에 빠져들었다.

여자가 사과나무를 다시 만나기 시작한 건 아이를 낳은 지 세 달 후였다. 사과나무는 사뭇 가벼웠다. 여자는 너무도 쉽게 몸을 열었다. 몸을 열었다기보다는 따뜻한 자극을 그리워하고 있었다는 게 더 정확했을 것이다. 여자의 본능은 그렇게 살아 있었다. 사과나무는 예전에 비해 훨씬 야위었으며 껍질까지 바삭거렸다. 여자의 몸은 곧 뜨거워졌다. 사과나무가 질 안으로 치고 들어와도 전혀 아프지 않았다. 오히려 조금만 더 아프게 해달라고 애원까지 했다. 봉긋하게 솟은 젖가슴을 훑고 있는 사과나무의 머리카락이 희끗하게 보였다. 여자는 사과나무의 어깨를 꽉 껴안았다. 사과나무의 입김이 느껴졌다. 서서히 일기 시작한 전율이 아래로 흘러내려갔다. 온몸이 붕 떠오르는 느낌 그리고 모든 게 고요했다.

엄마의 날카로운 비명 소리에 놀란 여자가 밖을 내려다봤다. 사과나무 아래 두 사람이 서 있었다. 엄마와 남자였다. 엄마가 남자의 뺨을 올려쳤다. 그러자 남자가 사과나무가 쪽으로 픽 넘어졌다. 여자의 엄마가 계속해서 남자를 쳤다. 그런데도 남자는 잠자코 맞기만 했다. 여자는 침대로 돌아와 누웠다. 갑자기 밖이 조용해졌다. 잠시 후, 남자의 신음소리가 들렸다. 여자의 이름을 부르고 있었다. 여자가 침대에서 일어나 창밖을 내다보았다. 사과나무 아래에 남자가 쓰러져 있었다. 옆에 서있던 엄마의 손에 뭔가가 들려 있었다. 여자의 이름을 부르는 소리가 몇 번인가 더 들렸다. '악' 여자가 비명을 질렀다. 몸이 온통 땀으로 범벅이었다.

병실 문이 열리고 간호사와 엄마가 들어왔다. 엄마의 손에는 작은 가방이 들고 있었다. 엄마가 천천히 창 쪽으로 걸음을 옮겼다. 보조 침대에 올려놓은 작은 가방이 여자의 눈에 들어왔다. 집으로 돌아갔던 엄마는 마치 여행이라도 가는 사람처럼 바바리코트에 노란 스카프까지 걸치고 나타났다.

거울이 있으면 줘.

엄마는 꼼짝하지 않은 채 벽에 기대고 서 있었다.

아끼던 손거울이 하나 있었다. 엄마가 생일 선물이라며 여자에게 사 준 거울이었다. 거울 뒷면은 구리로 되어 있었는데 반짝거리고 윤이 났다. 여자는 앞면으로 보는 것 보다 뒷면으로 얼굴을 보는 것을 좋아했다. 고분 벽화에서 나옴직한 그런 모형임에도, 거울 가장자리에는 꽃 장식까지 되어 있어서 무척 화려했다. 여자는 그 거울로 얼굴을 들여다 보고 있으면, 이집트의 스핑크스가 떠올랐다. 상반신은 아름다운 사람의 얼굴을 하고 있지만, 하반신은 날개 돋친 사자 모양의 괴물이었다. 지나가는 행인에게 수수께끼를 내서 풀지 못하면 잡아 먹어버리는 그런 스핑크스 말이다.

그 스핑크스가 나타나던 날이었다. 여자는 젖꼭지가 도드라질 만큼 얇은 블라우스를 입고 평상에 앉아 잘 익은 수박을 먹고 있었다. 엄마가 잠깐 방으로 들어간 사이 남자가 여자의 블라우스 속으로 커다란 손을 집어넣었다. 뜻밖의 행동에 놀란 여자는 '안 돼' 라고 소리를 질렀다. 그러나 그 소리는 너무나 작아서 입안에서 흩어질 뿐이었다. 여자는 그때부터 스핑크스에게 잡아먹히지 않으려고 수수께끼를 날마다 풀었다. 하지만 스핑크스는 갈수록 어려운 수수께끼를 냈다.

엄마는 가방에서 작은 손거울을 꺼내 여자에게 주었다. 거울 속에 비친 여자의 얼굴은 초췌했다. 거울이 손에서 힘없이 미끄러졌다. 바닥에 떨어진 거울이 산산조각 났다. 그 소리를 듣고 간호사가 달려왔다. 엄마는 괜찮다고 손짓을 해 보였다.

이젠 모든 것을 잊어.

아저씨는 어떻게 된 거야.

그 사람은 처리했으니까 걱정 마.

처리를 했다니 무슨 소리야.

그는 떠났어. 너를 더 이상 괴롭히지 않을 거야. 그 인간이 널 어떻게 했니? 생각만 해도 끔찍해. 다시는 널 건드리지 않는다고 해서 믿었어. 그런데 네 방에서 나오는 그를 봤어. 이번엔 말끔히 정리했으니까, 이제 널 괴롭히지 않을 거야. 엄마도 그 일을 미안하게 생각해. 내 딸이 망가지는 걸 두고 볼 수가 없었어. 그런데 그 아이는 살아 있어.

지금 뭐라고 했어요. 아기를 사과나무 아래에 묻은 게 아니란 말이에요?

사과나무 아래를 파고 핏덩이를 묻으려고 하는데 글쎄 아기가 눈을 동그랗게 뜨고 나를 쳐다보는 거야. 문득 네 얼굴이 떠올랐어. 십년 동안 애기가 생기지 않아서 좋다는 약은 다구해 먹었지. 아이를 낳을 수 없다는 진단이 내려졌지만 결코 포기할 수가 없었어. 하늘도 감동했는지. 어렵게 널 낳았어. 모두들 널 애플 아기로 불렀지. 붉은 사과처럼 생긴 네 얼굴 때문에 지어진 별명이었어. 흠잡을 때 없는 애플 아기였어. 그래서 그 핏덩이를 어떻게 하지는 못했단다. 달이 훤하게 떴잖니? 아기의 얼굴이 너무도 또렷하게 보였어. 구덩이 안에서 퍼질러 앉아 핏덩이를 껴안고 울었단다. 어린 네가 아기 엄마라니 말이 되니? 그래서 아기가 죽었다고 말한 거야. 차마 못할 짓이었다. 그 아이를 고아원에 맡겼는데, 잘 자랐더구나. 너만 원한다면 데려올 거야. 네가 또다시 아이를 가졌다고 했을 때 그 사람과 몹시 싸웠단다. 그는 아주 멀리 떠났어. 다시는 돌아오지 않을 거야. 이제 우리 집으로 가자. 의사 말이

퇴원해도 된다는구나. 사과 농사가 아주 잘 되었어. 모처럼 풍년이야.

그날 늦은 오후, 여자는 집으로 돌아왔다. 붉은 사과를 주렁주렁 매달고 있는 농장이었다. 과수원 바닥에 깔아 놓은 반사지가 빛을 반사시켜서 농장은 눈이 부셨다. 갑자기, 농장 울타리 너머에서 총소리가 들려왔다. 그러자 수 십 마리의 새들이 푸득 날아올랐다. 현관문 버튼을 누르고 집안으로 막 들어서는 순간이었다.

저 놈의 사과나무 울음소리…….

엄마가 밖으로 휙 나가버렸다. 그런데 여자는 사과나무의 울음소리를 전혀 듣지 못했다. 그녀가 들었던 소리는 새들의 지저귐과 사과나무 이파리들의 사각거림 뿐이었다. 여자가 창문을 활짝 열었다. 엄마는 사과나무 아래에 서 있었다. 오래전에 엄마가 삽질을 하던 그 자리였다. 그 사과나무에게 뭐라고 소곤소곤 거리고 있었다. 순간, 여자의 가슴이 덜컹 내려앉았다. 엄마가 사과나무를 보며 울고 있었다.

영혼의 냄새

영혼의 냄새

　냄새 때문에 소스라치게 놀라 깼다. 새벽 5시였다. 그 냄새는 아이에 게서 나는 게 분명했다. 무엇보다도 다시 냄새를 맡을 수 있다는 사실 에 놀라지 않을 수 없었다. 나에게 있어 그건 큰 사건이었다. 아이의 냄새, 오빠의 냄새이기도 한 그 냄새, 비릿하면서도 약초 향이 묻어나 는 냄새였다. 몇 달 전까지만 해도 나는 냄새를 맡을 수 없는 무취 중 에 걸려 있었다. 딱히 뭐라 설명할 수 없지만 심리적인 요인 때문에 냄새를 맡을 수 없었던 것 같기도 했다. 나는 일명 '돌씨'에 가깝다. 돌아올 것 같은 싱글인 것이다. 이젠 외롭거나 공허하다는 느낌마저도 들지 않는다. 매일 눈을 뜨면 햇살이 드는 오후 한나절에 나타나는 춘 곤증이 밀려드는 것처럼 몸이 나른했다.

　아이의 냄새를 맡고도 나는 여전히 침대에 누워있었다. 끈적끈적해진 얼굴을 비볐다. 주위를 둘러보았다. 방안은 채 가시지 않은 어둠이 구 석구석 거미줄처럼 엉켜있었다. 한쪽에 세워둔 옷걸이가 커다란 사람의 형상으로 변해 나를 노려보는 듯했다. 옷걸이라는 사실을 알면서도 방 바닥에 드리운 그림자를 보자, 다리가 유난히 가늘었던 오빠의 모습이 떠올랐다. 순간 가슴이 쿵하고 내려앉으면서 손끝이 부르르 떨렸다. 가위에 짓눌려 깊은 나락으로 굴러 떨어지는 느낌이었다. 이젠 정말 까마득하게 잊었다고 생각했던 오빠의 얼굴이 점점 내 얼굴 위로 겹쳐져 왔다. 오빠는 늘 내 몸 안에 살아 꿈틀거렸다. 30억 쌍이나 되는 유전자 가운데 오빠와 나는 얼마만큼의 같은 유전자를 갖고 있었을까. '후' 하고 깊은 한숨을 토해냈다.

화장터의 벌건 불길은 기다렸다는 듯 앙상하게 뼈만 남은 오빠를 단숨에 삼켜버렸다. 슬픔에 잠긴 아버지와 어머니는 차마 오빠의 유골을 가루로 낼 수 없다며 통곡했다. 해서 나는 엉거주춤한 자세로 시멘트 바닥에 앉아 오빠가 하얀 분진이 될 때까지 기다렸다. 당시 나는 임신 6개월이었다. 어깨를 짓누르고 있던 죄의식을 떨쳐버리고 싶은 마음에 서슴지 않고 오빠의 유골을 만졌다. 아무런 슬픔이 느껴지지 않았다. 단지 30억 쌍이나 되는 유전자 가운데 적어도 반은 오빠와 같았을지도 모른다는 생각을 처음 했을 뿐이었다. 하지만 오빠의 분진이 내 혈관을 타고 스며들었다는 사실을 깨닫기까지는 채 두 달이 걸리지 않았다. 오빠를 꼭 닮은 아이가 태어난 것이다. 일그러진 얼굴과 뒤틀린 몸짓까지도 똑 같았다.

이제 아이는 막 열 살을 넘겼다. 그런데도 유치원 다니는 아이처럼 몸이 외소했다. 그 아이를 지켜보는 고통은 엄청나게 컸다. 때때로 가슴 저 밑바닥에 고여 있던 슬픔이 모여 피부 밖으로 흘러나오는 듯했다. 그래서 그런지 피부 곳곳에 화농을 만들었다. 가끔씩 목 주위에는 붉은 반점이 생겼다. 병원에서는 단지 원인을 알 수 없는 알레르기성 피부질환이라고 했다. 증상이 심해지면, 냄새를 맡을 수가 없을 정도였다.

아이를 임신했을 때부터 증상이 더 심해졌다. 여느 산모들은 특정한 냄새가 역겨워서 헛구역질을 한다고 하지만, 우습게도 나는 냄새를 맡을 수 없는 입덧 아닌 입덧을 했던 것이다. 다행스럽게도 태어난 아이는 냄새를 잘 맡았다. 솔직하게 말해서 아이처럼 냄새를 잘 맡는 사람을 본 적이 없었다. 동물 중에는 개가 냄새를 잘 맡는다고 하지 않는가. 아이도 냄새를 맡을 때는 개처럼 코를 벌룽거렸다. 오빠 또한 아이처럼 코를 벌룽거리며 냄새를 맡았다. 그 몸짓이 보기 싫어 방문을 거세게 닫아버리곤 했다. 아이는 생후 2개월 쯤 뇌성마비라는 진단을 받았다. 더욱 견딜 수 없는 것은 남편이 아이를 거부했다는 사실보다 내가 아이를 더 미워한다는 사실이었다. 한동안 내 인생이 아이 때문에 모두 엉망이 되었다고 생각했다. 남편이 집을 나간 것도, 시댁과의 불화도 모두 아이 탓으로 돌렸다.

나는 최고층인 25층 아파트에 살고 있다. 아래를 내려다보면 사람들의 모습이 마치 무당벌레 등짝에 난 까만 점으로 보였다. 아이는 날마다 베란다에 매달려 아래에서 움직이는 모든 것들에 관심을 보였다. 그러면서도 아래에서 올라오는 냄새를 맡기 위해 코를 벌룽거렸다.

점점 날이 밝아오고 있었다. 거실에서는 아무런 소리가 들리지 않았다. 아이는 바닥을 기어왔을 것이다. 그리고는 내 방문 앞에 엎드린 채 문이 열리기만을 기다리고 있을 지도 모른다. 아이가 화장실을 갔어야 할 시간이 훨씬 지나 있었다. 며칠 전부터 아이의 건강이 몹시 나빠졌다. 혼자서도 화장실을 갈 수가 있었는데, 지금은 누군가 옆에서 돌봐

주어만 했다. 몸에 열이 나서 의사가 왕진까지 왔었다. 아이에게 링거라도 놓아주고 싶었다. 하지만 아이에게 필요한 것은 영양제가 아니었다. 아이는 왁자지껄한 세상 사람들의 웃음소리와 냄새를 그리워하고 있는 듯했다. 세상 속으로 들어가고 싶어 하는 아이를 가두어 키운 건 바로 나였다.

머리가 점점 아파왔다. 아이를 혼자 감당하기가 버거워졌다. 기진맥진해 있을 아이를 생각하면서도 얼른 자리를 털지 못했다. 새벽녘에서야 겨우 잠자리에 들었기 때문에 몸이 물먹은 솜처럼 무거웠다. 몸을 일으키자, 현기증이 일어났다. 오늘은 해야 할 일이 많은 날이다. 주문받은 향주머니를 만들어야 했고, 밀린 공과금도 은행에 납부해야 했다.

이제는 그런 자잘한 일까지도 짐스럽다. 간밤에 남편이 전화를 해서 아이의 안부를 물었다. 전에 없었던 일이었다. 나는 레트 증후군 환자처럼 몸의 감각을 잃은 채 전화기를 들고 서 있었다.

여자가 임신을 했어.

남편은 이웃집 이야기라도 하듯 아주 자연스럽게 말했다. 동거하고 있는 여자가 아이를 가졌다는 것이다. 그래서 나와 무슨 상관이라는 말인가. 축하라도 해주어야 하는 것인지. 아니면 화를 내야 하는 것인지 판단이 서지 않았다. 그런 내가 두려웠다. 그래서 숨소리마저 죽인 채 가만히 듣고만 있었다. 남편은 이혼서류에 도장을 찍어달라고 윽박질렀다. 그 말에도 아무런 반응을 보이지 않자, 남편은 버럭 화를 내며 고함까지 쳤다. 그리고 전화가 뚝 끊어졌다. 내가 먼저 끊었는지 남편이 끊었는지 알 수는 없지만 일단 전화기는 먹통이 되었다. 아이가 더 이상 참지 못하고 오줌을 지렸을 시간이다. 방금 전, 가슴을 훑고 지나간 차가운 바람이 방바닥에 고였다. 그 때였다.

엄……마.

아이의 목소리가 문틈 사이를 비집고 들어왔다. 그런데도 나는 손끝 하나 움직이질 못했다. 새벽이 올 때까지 베란다에 웅크리고 앉아있었다. 길 건너 빌딩 꼭대기의 안전등이 나처럼 가쁜 호흡을 하고 있었다. 비행기를 위해 켜놓은 불빛이었는데 마치 나를 위해 켜놓은 불빛 같았다. 베란다 에움 벽에 기대고 서서 한참 동안 아래를 내려다보았다. 주차장에 켜놓은 가로등 불빛이 희미해지고 있었다.

아이는 열 달을 다 채우지 못하고 태어났다. 오빠를 산에 뿌리고 돌아온 후부터 매일 잠만 잤다. 두 달 남짓 잠을 잤던 것 같다. 세상을 일찍 나온 아이는 그 후유증으로 뇌성마비를 앓았다. 두 다리가 심하게 뒤틀려 보행을 전혀 할 수 없었고, 발육 상태도 좋지 않았다. 그런 탓에 남편은 아이를 무조건 요양원에 보내자고 했다. 나는 막무가내로 보낼 수 없다고 고집 피웠다. 아이를 요양원이나 재활센터에 아이를 보낼 수 없었던 것은 내 혈을 타고 흐르는 오빠 때문이었다.

지금, 난 최악의 슬럼프에 빠져있다. 우습게도 남편의 가출이 그토록 커다란 충격이 될 줄은 상상도 하지 못했던 일이었다. 처음엔 자유롭다고 위안을 삼았는데, 아이와 내가 원했던 자유는 그런 종류의 것이 아니었던 모양이었다. 남편이 집을 나간 뒤부터 아이의 몸에서 나는 냄새가 더 심했다. 보통 때 나던 그런 냄새가 아니었다. 더욱 이상한 것은 아이의 눈 속에 가느다란 파란 줄무늬 같은 게 생기기 시작했다는 것이다. 처음에는 눈에 잡티가 들어갔거나 눈병이려니 했다. 그런데 가끔 아이의 건강 상태가 나쁠 때는 파란 줄기가 온데간데없이 사라졌다. 컨디션이 아주 좋을 때만 보였다. 그렇다고 아이가 고통을 호소하지도 않았다. 아이가 눈을 비비면 바닷물처럼 파랗게 보였다. 왕진 왔던 의사에게 아이의 눈을 보여주었다. 의사 시신경이 돌출 된 것 같으니까 전문의에게 정확한 진찰을 받아보라고만 했다. 일단 아이가 아프지 않다고 하니까 큰 문제는 아닐 거라는 말도 빼놓지 않았다.

문을 열고 거실로 나갔다. 예상했던 대로 아이는 오줌을 지린 채 꼼짝 안고 누워 있었다. 아이의 몸을 일으켜 세워 욕실로 데려갔다.

아프면 말해. 참지 말고.

…….

아이는 아무 말을 하지 않았다. 단단히 화가 난 모양이었다. 아이의 옷을 벗기자, 가느다란 두 다리가 나타났다. 나는 애써 고개를 돌렸다. 샤워기를 틀어 아이의 사타구니를 씻어냈다.

언제까지 이런 날이 계속 될까?

…….

아이는 고개를 흔들었다. 흘러내린 머리를 묶기 위해 욕조 위에 있던 핀을 집어 들었다. 거울에 얼굴이 비춰졌다. 얼굴이 몹시 창백했다. 광대뼈가 유난히 튀어나와 보였다. 오빠의 얼굴과 거울 속의 내 얼굴이 너무도 흡사했다. 꼭 오빠를 보고 있는 기분이었다. 아버지는 내가 오빠로 인해 불이익을 당할지도 모른다고 여겼다. 그래서 철저하게 오빠를 사회로부터 격리시켰다. 그것이 화근이었다. 오빠는 늘 세상을 그리

위했다. 오지마을 첩첩 산중에 있던 요양원에 갇혀 있는 동안 몇 번이고 탈출을 시도 했던 것이다. 아버지는 평생 눈물로 보내는 어머니는 안중에도 없었다. 오로지 나를 위해 오빠가 희생해야 한다고 말했다. 나 또한 아버지의 그런 행동에 동조했다. 온몸이 뒤틀리고, 말조차 제대로 할 수 없는 오빠의 존재가 부담스러웠다. 나는 아버지의 기대에 보답이라도 하듯 대학 4년 동안 내내 장학금을 놓치지 않았다. 그 장학금만 생각하면 한숨이 나온다. 대학을 다니는 동안 나의 목표는 오로지 장학금이었던 것이다. 그렇다면 지금의 나의 목표는 무엇이란 말인가. 남편의 이혼 요구를 들어주지 않는 것이란 말인가. 그것도 우스운 일이다. 뭐, 그리 썩 좋은 부부금슬도 아닌데, 이혼을 하지 않으려는 이유를 알 수가 없었다.

아이가 침대에서 내려와 내 방까지 오는데 20분이 걸린다. 침대 옆에 있던 비상벨을 누르는 경우도 있었지만, 대부분 뒤틀리는 몸을 질질 끌며 내 방으로 기어왔다. 아이의 그런 행동이 가끔은 짜증이 났다. 무슨 고집인지 모르겠다. 요즘 들어 부쩍 아이는 잘 토라졌다. 자신의 뒤틀린 몸을 학대라도 하듯 거실 한가운데서 꿈쩍하지 않고 엎드려 있기도 했다. 사실 아이의 지능지수는 정상이나 다름없었다. 신체발육과는 달리 지능이 뛰어나다는 게 문제일 수도 있었다. 사소한 스트레스에도 음식을 거부하고 말문을 닫아 버렸던 것이다. 굳게 닫힌 입은 마치 오래된 성문 같았다.

몇 년 전부터 베란다에 허브를 잔득 키웠다. 잎을 따서 건조시켜 향주머니를 만드는 부업을 했다. 일단 생계유지를 위해 시작한 아르바이

트였던 것이다. 무엇보다도 허브를 키우기 시작하면서 아이의 안면 근육이 살아났다. 음식물을 쉽게 삼킬 수 있게 되었으니, 향기 치료의 덕을 본 셈이었다.

아이의 몸에 나는 향기는 비릿한 우유와 상큼한 로즈마리 향이 섞여 있었다. 아마 그 냄새는 아포크라인 그랜드(apocrine gland)라는 땀샘에서 나는 것 같았다. 아이는 냄새를 통해 의사소통을 하고 있는 지도 모른다. 말이 어둔한 아이에게 있어서 냄새는 일종의 언어일 수도 있을 것이다. 사실 냄새를 맡았을 때의 표현은 열 가지도 되지 않는다. 좋다, 나쁘다, 상큼하다, 시큼하다, 향긋하다, 구리다 등 겨우 열 손안에 꼽을 정도니깐 말이다. 하지만 냄새는 감각 중에서 가장 직접적이며, 원초적이라고 말할 수 있다. 어쩌면 냄새는 재현이 불가능하기 때문에 표현의 언어가 적은 지도 모른다는 생각이 든다. 아이는 그 어떤 말보다 냄새를 통해 자신의 감정을 잘 드러냈다. 아이의 컨디션이 좋을 때는 허브 향과 같은 냄새가 짙게 날렸다. 절망과 슬픔에 젖어 있을 때는 상한 우유냄새가 날리는 듯 했다. 같은 냄새에 익숙해지면 그 냄새를 맡는 기능이 점점 무감각해졌다. 하지만 아이의 냄새는 아무리 맡아도 질리지가 않았다.

아이는 여덟 살이 될 때까지 사람들과 눈을 잘 맞추지 못했다. 자폐증이 아니었는데도 혼자만의 세계에 갇혀 지내는 것 같았다. 그러고 보면 냄새를 통해서 아이의 기분을 짐작할 수 있다는 게 얼마나 다행한 일이었는지 모른다.

아이가 욕실바닥에 몸을 바짝 웅크리고 앉아 있었다. 밤새 열어 놓은 창문으로 찬 기운이 밀려들었다. 아이와 나는 작은 유리 상자 속에 갇혀 있는 듯 했다. 지금 살고 있는 아파트는 산을 깎아서 지었기 때문에 다른 아파트에 비해 훨씬 높았다. 그래서 하늘이 무척 가깝게 느껴졌다. 이곳 아파트 단지 내에서 가장 높은 층이었다. 전망 하나는 좋았다. 누워 있으면 하늘이 내려앉을 것만 같았다. 처음부터 고층 아파트를 선호했던 것은 아니었다.

집을 사려고 아파트를 둘러보고 다녔을 때였다. 몇 군데 모델 하우스를 둘러보고 마지막으로 이 아파트를 둘러보았는데, 그만 그 자리에서 덜컥 계약하고 말았다. 특별하게 내부 구조가 잘 된 것도 아니었다. 그렇다고 옵션이 많은 것도 아니었다. 단지 베란다에서 본 하늘이 무척 가깝다는 생각이 들뿐이었다. 남편은 집에서 회사가 너무 멀다고 내키지 않아 했다. 하지만 그 어떤 아파트도 전망이 이보다 좋을 수는 없었다. 결국 나의 설득에 남편도 선선히 따라주었다.

욕실에 앉아 있던 아이를 들어 거실로 데리고 갔다.

다음엔 일찍 나올 게. 화 풀어.

아이는 여전히 말이 없었다.

너 자꾸만 그럴 거니? 마음대로 해. 벌레처럼 기어가든지.

내가 지금 아이에게 무슨 말을 하고 있단 말인가. 서둘러 주방으로 나갔다. 냉장고에서 물병을 꺼내 입으로 가져갔다. 단숨에 물 한 병을 모두 들이켰다. 아이가 뒤에서 훌쩍거렸다. 그런데도 애써 모른 척 했다.

길 건너 공터에 아파트 단지가 새로 들어섰다. 아파트 층수가 올라갈 때마다 하늘이 조금씩 사라졌다. 그러나 하늘은 여전히 넓었다. 단지 공사소음 때문에 주위가 소란스러워졌을 뿐이었다. 그곳 아파트가 준공되자, 이곳 사람들이 옮겨가기 시작했다. 그래서 아파트 주차장엔 이삿짐센터에서 온 트럭들로 붐볐다. 아파트는 점점 부식되어 가는 듯했다. 아이들의 울음소리와 여자들의 앙칼진 목소리 그리고 둔탁하면서 신경질적인 남자의 목소리가 벽을 타고 스며들었다. 며칠 전, 새로 뽑은 아파트 반장이 찾아 왔다. 새로 만든 공약이라며 반상회 불참했을 경우 벌금을 부과하겠다는 말을 하고 갔다. 그리고는 힐끔 아이와 나를 벌레 보듯 쳐다보는 것이었다. 이미 당신들의 정체를 파악했다는 눈빛이었다. 그 꿈틀거리는 시선이 몸속으로 파고들었다.

아이는 태어났을 때부터 몸이 작았다. 그리고 아주 조금씩 키가 자랐다. 어떤 해는 조금도 자라지 않는 것 같았다. 언젠가는 말라죽은 라벤더처럼 온몸이 누렇게 뜰 것만 같았다.

나는 점점 갇혀 지냈다. 집에 찾아오는 사람도 고정적이었다. 허브를 배달해주는 꽃집 여자와 동네 의사 그리고 슈퍼 배달원, 아파트 반장이 전부였다.

너, 뭐 먹고 싶어?

아으…….

주방으로 기어 온 아이가 냉장고에 매달려 있었다. 습관적인 행동이었다. 식탐이 없는 아이였다. 오직 아이의 관심은 냉장고의 식품들을 훑어보는 일이었다. 아이는 슈퍼 배달원이 부려놓고 간 물건들을 하나하나 만져보면서 이름을 외웠다. 색깔과 맛, 냄새까지도 정확하게 기억했다. 무서운 집착이었다. 아이가 무섭게 느껴졌던 것은 사물에 대한 집착이 아니라, 어쩌면 아이가 놓지 않으려는 삶의 집착 때문이었는지도 모른다. 아이가 냉장고 문을 열고 반쯤 몸을 안으로 밀어 넣었다. 냉장고에 있던 물건을 하나씩 끄집어내기 시작했다.

그만 해.

화가 치밀었다. 냉장고에서 떼어내려고 아이의 몸을 와락 잡아끌었다. 아이가 힘없이 바닥에 나뒹굴었다. 그때, 아이의 눈 속에 파란 물이 고였다. 갑자기 몸을 바닥에 바짝 엎드린 채 베란다 쪽으로 기어가기 시작했다. 나에게 버림받았다는 생각이 들면 그런 행동을 보였다. 베란다에서 아래를 내려다보면 세상 것들이 작은 점에 불과했다. 아이는 아래를 내려다보다가 움직이는 것을 발견하면 비명까지 질렀다. 더구나 아래층에서 올라오는 냄새라도 맡는 날은 오랫동안 베란다에 지냈다. 냄새라야 봤자, 음식 냄새이거나 방향제인데도 신기해했다. 비가 오는 날이면 지상에서 올라오는 냄새가 벽 틈을 타고 스며들었다. 그럴 때마다 아이는 힘겨워 했다. 너무도 세상을 그리워했던 것이다.

임신하기 전까지만 해도 나는 화장품 회사에서 향수 만드는 일을 했다. 아이가 태어나자, 더 이상 회사를 다니지 못하게 되었다. 냄새를 맡을 수 없게 된 것이다. 원인을 알 수는 없지만 입덧이라고 밖에 달리 해석할 수가 없었다. 그런데 출산을 했는데도 그런 증상이 계속되었다. 아직도 나는 향수 만드는 일에 미련을 버리지 못했다. 가끔 냄새 구별을 하지 못하기 때문에 아이가 대신해서 냄새를 구별해줬다. 근처에 있는 화장품 매장에선 손님들의 반응이 좋다며 주문이 늘고 있다.

아파트가 남향이어서 온종일 볕이 잘 들었다. 그래서 라벤더, 쟈스민,

퍼퍼민트, 로즈마리, 주니퍼, 재스민, 스피아민트, 로즈를 비롯해 10여 종이나 되는 향초(香草)를 화분마다 가득 심었다. 처음엔 허브식물이 잘 자라지 않았다. 온도를 맞추지 못해서, 뿌리가 썩거나 말라죽었다. 얼마동안 시행착오를 겪다가 결국 허브 키우는 방법을 터득했다.

나는 우연히 향수 만드는 방법을 알게 되었는데, 화장품 회사에 입사하고도 향수 개발하는 파트에서 일했다. 내가 향수 만드는 일에 매력을 느꼈던 것은 향수의 유래를 알고 난 뒤부터였다. 대학 서클에서 만난 선배가 한 명 있었는데, 집안 대대로 약초를 재배한다고 했다. 선배는 약초에 많은 관심을 보였을 뿐만 아니라, 졸업 후에도 가업을 물려받을 거라고 했다. 이론적이지만 선배는 나에게 허브로 향수 만드는 법을 알려주었다. 향수를 퍼퓸(perfume)이라고 하는데, 스모그라는 어원에서 왔다. 원래 향수는 고대로부터 종교 행사 때마다 악령을 내쫓는 기능으로 사용되어 오다가 차츰 나쁜 냄새를 없애주고, 병을 치료하는 원료로 쓰였다. 향수가 질병을 치료하는데도 쓰였다는 사실을 그때 처음 알았다. 허브 중에서도 로즈마리는 '바다의 이슬'이라는 뜻으로 그리스와 로마 시대부터 약초로 쓰였다. 그 효능은 기억력을 강화시키고, 가벼운 우울증이나 신경쇠약은 물론 신경 피로를 치료해 주는 효과가 있었다. 선배는 로즈마리에 큰 관심을 보였다. 더군다나 중세 시대에 유럽 인구의 3분의 1을 희생시켰던 흑사병이 유행하자, 길거리에서 로즈마리를 태워 질병의 확산을 막았다는 유래가 전해지고 있었다. 선배와 나는 점점 가까워졌다.

그 선배가 지금의 남편이다. 어이없게 허브를 좋아한다는 이유만으로 결혼을 결정해버렸던 것이다. 회사에 입사해서 로즈마리를 이용한 향수를 연구하기 시작했다. 그랬던 탓이었을까. 아이가 유난히도 로즈마리 향을 좋아했다. 로즈마리 향수가 거의 완성되었을 무렵, 임신했다는 사실을 알았다. 당시 로즈마리와 오일을 섞어 완전 용해를 시키는 실험을 했는데 여간 까다롭지 않았다. 그 완전용해만 된다면 향수 뿐 만이 아니라, 로즈마리 엑기스를 캡슐로 포장해서 건강보조식품으로 시판할 수도 있는 아이템이었다. 물론 완제품이 만들어지기까지는 많은 노력이 필요했지만 성공 할 수 있을 거라는 확신에 차 있었다. 성공하기까지 남편의 해박한 지식이 뒷받침이 되었다. 그런데 내가 냄새를 맡지 못하면서 그 모든 자료들이 고스란히 남편에게 넘겼다. 남편은 그 연구 발표로 인해 회사의 주목을 받았다. 처음엔 그런 남편의 모습을 바라보는 것만으로도 뿌듯했다. 그런데 어이없게도 나와 아이만 덩그렇게 남아버렸다. 남편이 쓰던 옷과 책들은 어느 날부터인가, 하나 둘씩 사라지기 시작했다. 며칠 전엔 남편이 쓰던 물건이 남아있는가 해서 집안을 뒤졌는데, 낡은 옷가지 몇 벌과 고장 난 면도기 그리고 창고에 처박아 둔 책들 뿐이었다.

아이가 태어나자, 남편은 점점 집 밖으로 돌았다. 내 육체에 생채기를 내기 시작한 것은 남편이 외도하고 있다는 사실을 알고 난 후부터였다. 샤워를 하다가 민감하게 자극이 느껴지는 부분을 면도날로 그어버렸다. 그 어떤 성적 반응을 하지 못하도록 하기 위해였다. 붉은 피가 주르르 흘러내리는 모습을 지켜보면서 아프리카의 할례(割禮)의식을 떠올렸다. 여성의 음핵을 제거하는 수술인데 아직도 어린 소녀들의 성감

대를 둔화시키려는 악습이 행해지고 있다는 것이다. 나는 내 스스로 그 의식을 행했다. 붉은 피가 욕실 바닥으로 뚝뚝 떨어질 때마다 내 몸에 남아있던 성욕이 서서히 빠져나가고 있음을 인지했다. 이제 내 몸엔 상흔의 자국이 실지렁이처럼 남아 있을 뿐이다. 그 어떤 반응도 일어나지 않았다. 손가락 사이로 가는 흉터가 보였다. 빛에 반사되면 마치 작은 유충처럼 보였다.

어제는 남편이 전화를 걸어 많은 말을 했다. 전화상이었지만 몇 달 동안 주고받았던 말보다 훨씬 많았다. 남편이 본가로 들어가겠다고 했을 때, 이미 각오했던 일이었다. 손끝이 부르르 떨려 아무런 대꾸도 할 수 없었다. 아이를 사생아로 만들 수 없지 않느냐는 남편의 목소리가 자꾸만 귓전에서 맴돌았다. 바닥이 자꾸만 아래로 가라앉는 기분이었다. 어쩌면 나는 아이보다 홀로 서기를 두려워하고 있는지도 모른다. 오빠가 자살한 이유도 지금의 나처럼 홀로 서기가 두려웠던 탓일 수도 있을 것이다. 오빠가 오랫동안 요양원에서 살아서 오빠와 함께 지냈던 추억 같은 건 거의 없었다. 단지 오빠가 뇌성마비 환자였다는 사실만 기억 될 뿐, 한 가족이었다는 생각이 전혀 들지 않았다. 오빠의 생일날에 요양원을 다녀오는 게 고작이었다. 아버지는 몇 십년동안 식당을 운영했는데 이웃에게조차 아들이 있다는 사실을 숨겼다. 드러내놓고 자랑할 만한 일도 아니지만, 그렇다고 숨길 것까지는 없지 않느냐고 아버지에게 물은 적이 있었다. 그런데 아버지는 너도 자식 낳아 키우면 부모 마음 이해할 수 있을 거라고 했다. 정말 아버지의 말이 옳았다. 아픈 자식을 키운다는 게 얼마나 가슴 아픈 일인지 모르는 일이었다.

오빠는 스무 살 때, 요양원 화장실 좌변기에다 목을 매달았다. 담당 의사들도 어떻게 오빠가 좌변기에다 체육복 바지를 걸어 목을 감았는지 이해할 수 없다고 했다. 결국 오빠의 죽음은 질식사로 판명되었다. 오빠가 남긴 유서엔 가족이 그립다는 글이 쓰여 있었다. 오빠를 염하려고 옷을 벗기자, 오빠의 가슴이 온통 새까맣게 멍들어 있었다. 나는 밀랍처럼 딱딱하게 굳은 오빠를 끌어안고 울부짖는 아버지를 보았다. 아버지가 그토록 비통해 할 줄은 상상도 못한 일이었다.

작년에 아버지도 세상을 떠났다. 아버지를 염하고 옷을 벗기자, 놀랍게도 아버지의 가슴에도 오빠처럼 퍼런 멍이 들어있었다. 검푸른 빛이 도는 가슴팍이 너무도 빈약했다. 아버지와 오빠의 검푸른 가슴은 환영처럼 되살아났다. 그래서 아이를 요양원으로 보낼 수가 없었던 것이다. 내 가슴에도 지워지지 않는 퍼런 멍이 지문처럼 새겨질 것만 같았기 때문이다.

그 때였다. 전화벨이 요란하게 울었다. 수화기를 들자, 착 가라앉은 남편의 목소리가 들려왔다.

생각 좀 해봤어?

그 여자가 아이를 가졌다고 해도 이혼만큼은 절대로 할 수 없어.

남편의 말을 토막토막 잘라냈다. 곧 남편의 거친 목소리가 들려왔다. 그런 아이를 낳은 것이 결코 우연은 아니지 않느냐고 버럭 소리를 질렀다. 그럼 집안 내력이란 말인가. 순간, 가슴 깊숙한 곳에서 뜨거운 것이 울컥 치밀었다. 나도 모르는 사이에 불끈 쥔 주먹이 테이블을 내리쳤다.

절대로 당신을 풀어 줄 수 없어. 용서 할 수 없단 말이야.

남편은 빨리 서류를 정리하자며 전화를 끊어버렸다.

베란다에 있던 아이가 나를 바라보고 있었다. 전화 통화를 엿듣고 있었던 모양이었다. 아이의 눈빛이 가늘게 떨고 있었다. 잔뜩 겁먹은 얼굴이었다. 나는 애써 모른 척했다. 그리고는 한쪽 구석에 있던 바구니를 꺼내 말린 허브를 포장하기 시작했다.

싫-어, 아-빠가…….

아이가 뒤틀린 입술을 오물거리며 말했다. 나는 아무런 대꾸를 하지 않았다. 아이가 거실로 다가왔다. 그리고는 장식장 위에 있던 오일 램프에 불을 붙이려고 몸을 일으켜 세웠다. 라이터에 불을 켰다. 불꽃을 보고 있는 아이의 얼굴이 너무도 진지했다. 램프를 달구자, 서서히 향기가 피어올랐다. 콧등이 시큰해져왔다. 서서히 향기가 퍼졌다. 온몸이 나른해졌다.

햇살이 집안 가득했다. 아이는 탁자 위에 놓여있던 화선지를 조심스럽게 펼쳤다. 말린 로즈마리였다. 아이는 종이를 코끝으로 가져갔다.

그때, 또다시 전화벨이 울렸다. 남편의 전화였다.

아파트 앞이야. 사실은 아까부터 와 있었어. 잠깐 만나고 싶어. 아이도 만나고 싶어.

그의 목소리는 무겁게 가라앉아 있었다.

그냥 돌아가. 아이의 컨디션이 좋지 않아.

나는 전화를 끊어버렸다.

아… 빠지?

아이의 얼굴에 미세한 경련이 일어났다. 거실은 이미 로즈마리 향으로 숨이 막힐 지경이었다. 주차장을 내려다보았다. 남편은 승용차에 기대고 서서 아파트를 올려다보고 있었다. 순간 화분을 던지고 싶은 충동을 느꼈다.

아이가 기어왔다. 나는 아이의 손을 꼭 붙잡았다. 아이의 손은 몹시 차가웠다. 여전히 그는 꼼짝하지 않고 아파트를 올려다보고 있었다.

아직은 아니야. 하늘을 날기에는 시간이 너무 이른 것 같아. 아이가 잡고 있던 손을 풀더니 베란다 끝 에움 벽에 매달렸다. 아이의 두 볼에 눈물이 흘러내렸다.

엄마는 네가 있어서 괜찮아.

어느새 아이의 두 눈에 푸른빛이 감돌기 시작했다. 그런데도 아이는 아무런 자각을 느끼지 못했는지 눈을 깜박거렸다. 그러자 눈에서 로즈마리 이파리처럼 보이는 싹이 보이기 시작했다. 정말 아이의 두 눈 속에서 로즈마리가 자라고 있었던 것이었을까. 아이의 몸에서 로즈마리 향이 나기 시작했다. 오일램프에서 피어나는 향이 아니었다. 아이를 가슴에 꼭 껴안았다.

남편의 흰색 승용차가 천천히 움직였다. 오빠를 태우던 그 화장터처럼 남편이 서 있던 자리가 온통 하얀 빛으로 가득했다.

아이와 나는 하늘을 올려다보았다. 하늘이 몹시 높아보였다.

오라의 땅

오라의 땅

　김천 댁의 얼굴에 수심이 가득 고였다. 낡은 가죽 골무를 끼고 이불 깃을 꿰매다 잠시 긴 한숨을 토해냈다. 순간 골무를 낀 검지가 파르르 떨었다. 그녀는 낮에 읍내에 나간 아들 이정수를 기다리고 있었다. 초조한 마음을 달래 보려고 침침한 눈을 가늘게 뜨고 바느질감을 만지고 있던 중이었다. 그러나 일감이 손에 잡히지 않았다.

　"어미야, 아범이 왜 이리 늦는지 모르겠다. 잔금 치른다고 큰돈을 가져갔는데 별일은 없어야 할 텐데…….."

　"어머님! 아범이 워낙 꼼꼼하니까 잘 알아서 할 겁니다. 매매 중계인도 있을 테니 너무 걱정하지 마세요."

　이정수의 아내는 애써 시어머니를 안심시키려고 했지만, 그녀도 내심 불안을 떨쳐버릴 수가 없었다. 그녀는 지금껏 온몸이 으스러지도록 품을 팔았다. 식당일이나 밭일을 가리지 않고 돈이 되는 일이라면 닥치는 대로 일을 했다. 이정수 또한 그녀 못지않게 임대 경작지 일을 끝내고 나면 공사장 날품까지 팔았다. 비로소 송아지 판돈과 그동안 모아놓은 돈을 풀어 도랑 건너에 있는 논 이천 평을 살 수 있게 된 것이다. 그나마 이농 현상 때문에 휴경지가 많아졌고, 땅값이 뚝 떨어진 바람에 계획했던 것 보다 일직 장만할 수 있었던 것이다. 오전 열한 시 쯤, 잔금을 건네고 토지 이전등기 하려고 나간 이정수는 아직까지 돌아오지 않았다. 김천 댁과 이정수의 아내는 가슴을 조아리며 바깥 소리에 바짝 귀를 기울였다. 온종일 개울에서 물고기 잡고 놀던 아이들도 끔벅끔벅 졸고 있었다.

밤이 깊어지자, 뜰 앞 목련꽃 위에 달빛이 쏟아졌다. 백구도 주인을 기다리고 있기라도 하듯 연신 끙끙대며 마당을 빙빙 돌았다. 그 때, 택시 한 대가 대문 앞에 멈추고 섰다. 이윽고 검은 그림자가 집 안으로 성큼 들어왔다.

"성진아, 애비 왔다!"

문고리가 덜커덩 하는가 싶더니, 순식간에 온 식구가 좁은 툇마루에 오종종 나와 섰다.

"일이 잘 되었어요. 어머니! 이제 우리 땅이 생겼어요."

"그래, 애썼다. 고생이 많았다. 어미야! 벌써 10시가 넘었다. 애비 시장하겠다. 어서 저녁상 봐와라."

김천 댁은 두 볼에 왈칵 쏟아지는 눈물을 훔치며 아들의 손을 꼭 잡았다. 거칠고 투박한 네 개의 손이 뒤엉켜지는 순간이었다. 김천 댁에겐 아들 이정수가 삶의 지표였다. 그래서 이런 혈육 하나라도 떨어뜨린 남편이 때론 고맙기도 했다.

"어머니, 앞으로 어떠한 일이 있어도 이 땅 문서만큼은 지키겠어요."

이정수는 그의 두 아들을 가까이 다가와 앉도록 하고는 봉투에서 두툼한 땅 문서를 꺼내 펼쳤다.

"이것이 바로 우리의 땅 문서다. 우리 모두의 땅이야. 모두 합심해서 노력한 결실이야, 애비는 배운 게 모자라서 이제야 이 땅을 장만했지만 너희들은 이 땅을 지키는 파수꾼이 되어야 한단다. 땅을 사는 것보다 지키는 것은 더욱 어려운 법이야, 성진아! 큰소리로 맨 끝장에 쓴 글을 읽어 보거라."

"어떠한 희생과 고난이 따르더라도 이 땅을 지킬 것을 맹세합니다."

아버지가 써놓은 글을 읽어 내려간 성진이의 작은 가슴에서 둥둥 북소리가 났다. 여덟 살 철부지였지만 얼굴에 붉은 홍조를 띠었다.

오랜 풍파를 에워싼 이끼긴 기왓장 사이로 한줄기 따뜻한 바람이 휘돌아 나왔다. 아이들은 이정수가 밥상을 물리기도 전에 잠들어 잠꼬대까지 했다. 김천 댁과 이정수의 방에 불이 꺼진지 오래였다. 밤하늘은 짙은 감청 빛을 띠며 깊어 가는데도 그들의 흥분을 좀처럼 가라앉지 않았다. 그들은 도저히 잠을 이룰 것 같지가 않았다.

김천 댁은 손등을 이마에 올려놓고 잠을 청해 보았다. 하지만 가슴에 고여 있던 잔기침이 되살아나 문풍지에 걸릴 뿐이었다.

김천 댁은 열일곱 살에 혼인을 했다. 초례청에서 처음 본 신랑의 모습은 작달막한 키에 눈이 부리부리했다. 첫인상은 세상 이치에 밝아 뵈는 사람 같아 내심 흡족했다. 그런데 사는 형편이 생각했던 것과 달랐다. 땅 몇 마지기와 황소 서너 마리를 소유하고 있다고 들었다. 그런데 상황은 달랐다. 시댁 식구들과 상면한 자리는 마을에서 행세를 하던 최부잣집이었다. 그래서 감쪽같이 속게 된 것이다. 결혼 초야는 신랑의 과음으로 합방이 이루어지지 않았다. 나중에서야 남편의 고의적인 행동이었다는 것을 알았다. 그날 밤, 새색시 김천 댁은 눈이 퉁퉁 부어오르도록 울었다. 남편은 이렇다 할 직장이 없었으며 집안 살림살이는 옹색하기 짝이 없었다. 결혼한 지 석 달이 되었지만 남편은 그녀의 몸에 털끝 하나 대지 않았다. 어쩌다 일찍 들어오는 날은 술에 취해 잠이 들기 일쑤였다. 결국 남편은 집문서를 팔아 읍내에서 기생과 살림을 차렸다. 김천 댁은 남편이 바람을 피운다 해도 질투심을 불러일으킬 만큼 애틋하지도 않았다. 아들에게 집문서와 몇 푼 모아둔 돈을 모두 빼앗긴 시부모는 화병으로 몸져누웠다. 김천 댁이 자신의 삶을 비관하며 지낼 만큼 현실은 너그럽지 않았다. 집안 형편은 말이 아니었다. 풀죽으로 겨우 연명을 했고, 남의 집 허드렛일을 해서 생활을 유지했다. 고명딸로 자란 김천 댁은 자신의 어린 시절이 마냥 그리웠다. 삼단 같은 머리 결을 찰랑거리며 꽃놀이를 했던 어린 시절이 떠올라 눈시울을 붉혔다.

어느 날 갑자기 시어른의 병세가 악화되었다. 남편은 기생이었던 작은댁을 데리고 왔다. 그 때까지도 남편과 기생은 읍내에서 음식점을 경영하며 함께 살고 있었다. 작은댁의 세련된 옷차림과 뽀얀 얼굴을 보자 김천 댁은 자신이 너무 초라하게 느껴졌다. 어른들은 작은댁을 인정해 주는 조건으로 김천 댁과 잠자리를 강요했다. 무슨 일이 있어도 본처의 아들로 대를 이어야 한다는 생각을 저버리지 못했던 것이다. 그날 밤, 김천 댁의 옷고름이 풀어졌다. 그리고 열 달 뒤에는 이정수가 태어났다. 김천 댁은 늘 가슴 한구석에 큰 바윗돌이 짓누르고 있는 듯 통증이 느껴졌다. 김천 댁이 억새풀처럼 가난과 고독을 견디어왔던 것은 그 바윗덩이 때문이었는지도 몰랐다.

그토록 소원하던 땅, 그 땅에 씨앗을 뿌리고 곡식을 거두어들인다는 생각만으로도 이정수는 가슴이 벅차올랐다.

"다시 한 번 문서를 봐야겠어."

장롱에서 서류봉투를 꺼내든 이정수는 감회에 젖어들었다.

"틀림없는 우리 땅이야. 비록 자갈논이지만 돌을 주워 내고 객토(客土)를 한다면 쓸 만한 논이 될 게야."

"성진 아버지! 뭘 그렇게 중얼거려요? 저도 잠이 오질 않네요. 전 같으면 졸음이 쏟아져 연속극도 못 봤는데 말예요. 이제 우리 집도 형편이 좋아지겠지요? 하기야 쌀값이 헐해 목돈 만지기는 글렀지만 마음만은 푸근하네요. 내일은 이장님 만나 농자금 신청 좀 하세요."

"글쎄, 얼마나 받을 수 있을지 몰라. 그것도 너 나 할 것 없이 받는 통에 융자를 많이 받기는 힘들다던데 이장님한테 부탁을 해봐야지."

이정수와 그의 아내는 도저히 잠을 이룰 수가 없었다. 그들의 뇌리는 지난날을 돌이켜보며 하얀 밤길을 걸어 다녔다.

햇살이 퍼지기도 전, 이정수 가족은 논을 둘러보기 위해 분주했다. 쇠죽을 끓이는 아궁이에선 불꽃이 활활 타올랐고, 매캐한 연기는 지붕 위로 하얗게 피워 올랐다.

이정수는 경운기에 어머니와 두 아들 그리고 아내를 태우고 언덕바지로 내달렸다. 멀리 논이 훤히 내려다보이기 시작했다. 물이 맑고 깊어 용이 살았다 해서 용담리라고 불리는 그 곳은 첩첩이 산을 휘감고 있어 아늑했다. 용의 형상을 한 바위가 도랑 중앙에 길게 누워있어 매년 농사가 잘 되는 곳이라는 이야기도 있었다.

이정수는 사람이건, 사물이건 모두 영기(靈氣)를 띠고 있다고 믿었다.

"애들아, 저 오라 좀 봐라. 땅 한가운데 파란 빛을 두르고 있어."

"저희들은 아무것도 보이지 않아요?"

"눈을 가늘게 뜨고 쳐다보면 보일거야. 오라의 띠는 여러 색으로 나타나는데, 선하고 진실이 있는 것에는 파란빛이 보이고, 음하고 추악한 생각을 하는 것들은 붉은빛이 보이고, 죽음의 고통에 시달리는 것들에게는 회색빛이 보인단다."

아이들은 이정수가 말하는 오라를 보기 위해 눈을 찡긋찡긋했다.

이정수가 논을 보러 왔을 때였다. 논을 보는 순간 현기증을 느꼈다. 푸른 띠가 논 한가운데 떠 있는 것이 아닌가. 그래서 더욱 땅을 사겠다고 마음을 먹었던 것이다.

그들은 논둑에 나란히 앉아 오라가 피어오르는 땅을 바라보았다. 이정수는 황금물결이 출렁이는 가을 들판을 생각했다. 그때 문득 아버지가 떠올랐다.

중학교를 다닐 무렵이었다. 대중목욕탕에서 우연히 아버지를 만난 적이 있었다. 남 앞에 나서기를 부끄러워하던 이정수는 자신의 왜소한 몸을 감추듯 고개를 숙이며 몸을 씻고 있었다. 그런데 아버지가 바로 뒤에서 이복동생과 등을 밀고 있는 것이었다.

"고놈, 다부지게도 생겼구나!"

"아버지! 이번 시험 잘 보면 자전거 한 대 사줘요?"

"오냐! 내 아들이 공부만 잘하면 자전거가 대수겠냐!"

이정수는 온몸이 얼어붙는 듯 했다. 그 곳을 벗어나고 싶었지만 용기가 나지 않았다. 그들이 먼저 나갈 때까지 얼마나 가슴조리며 울분을 삼켰는지 모른다. 그 때, 이정수는 아버지에 대한 미련을 잘라버렸다. 고등학교를 중퇴 할 수밖에 없는 형편이 되었을 때도 결코 아버지를 찾아가지도 않았다. 학업을 계속하고 싶은 마음이야 굴뚝같았지만 자존심이 허락하지 않았다.

세월이 흐르고, 아버지에 대한 아픈 기억들이 가라앉을 무렵이었다. 아버지가 갑자기 뇌졸중으로 쓰러져 3년을 앓다가 돌아가셨다. 마지막 가는 길에 장손을 한 번 만나고 싶다는 소식이 왔었다. 그러나 이정수는 목욕탕에서 본 아버지의 모습이 남아있어서 아버지의 부름에 응하지 않았다. 아니 그렇게 해서라도 아버지의 가슴에 비수를 꽂고 싶었다. 그러나 그 일로 인해 한동안 술독에 빠져 지냈다. 보란 듯이 자라 아버지 앞에 당당하게 나서고 싶었다. 생활비 한 번 주지 않았어도 훌륭하게 자랐다고 큰소리 치고 싶었다. 그런데 정작 아버지가 너무 빨리 세상을 뜨고 말았다. 그래서 더욱 아버지가 원망스러웠다. 자신이 복수할 기회를 주지 않았던 것이다. 아버지가 돌아가시자, 작은댁은 장례식을 이정수에게 떠 맡겼다. 아버지의 유언이라고 했다. 이정수는 코웃음이 나왔다. 무슨 면목으로 그런 유언을 했는지 알 수가 없었다. 김천댁의 뜻이 어찌나 간절한지 이정수는 마음에도 없는 아버지의 장례식을 치렀다. 장지를 정하고, 제사를 모시는 것까지 장손으로서 예의를 갖출 뿐이었다. 이정수는 자신의 이중적 행동에 몸서리를 쳤다. 겉으로는 가장 슬픈 상주의 얼굴이면서, 내면에서는 이를 묵묵 갈아대며 죽은 아버지를 원망하고 있었다. 아니 아버지란 이름조차 껍처럼 질겅질겅

씹었다. 김천 댁도 그런 아들의 모습을 지켜보는 것이 고통스러웠으나, 끝가지 맏상제 노릇을 해준 이정수가 고마웠다. 단 하룻밤이지만 살을 섞어 자식까지 낳은 남편이 아닌가? 죽은 남편을 찾아오고 싶은 게 솔직한 심정이었다. 평생을 가슴앓이하며 살아온 여자의 마지막 남은 자존심이라 해도 옳을 것이다. 김천 댁은 호적상으론 엄연히 부인으로 올려 있었고, 작은댁 아이도 자신의 아들로 올려있었다.

논둑에 앉아 생각에 잠겨있던 이정수는 긴 한숨을 쉬었다. 가슴에 묻어둔 지난 일들을 떨쳐내려고, 깊게 들이긴 담배 연기를 뱉었다.

봄비가 제법 굵게 쏟아져 내려 처마 끝 언저리에 물기둥을 만들었다. 이정수는 방문을 활짝 열어놓았다. 그리고 함지박에 고인 빗물이 흘러넘치는 것을 하염없이 바라보았다. 빗물방울이 떨어지는 소리 때문인지 연달아 하품을 했다. 기름진 논을 만들어보겠다고 하루도 쉬지 않고 자갈을 고르고 거름을 냈다. 어깨가 뻐근하고 팔 다리가 쿡쿡 쑤셨다. 단비가 모처럼 내려 쉬고 있는 것이었다. 날이 좋으면 논에 나가 돌을 줍고 논갈이를 해야 했다. 아랫목에 누워 낮잠을 자고 있는 아내의 엉덩이가 무척이나 넓어 보였다. 여느 여자 같으면 뼈가 으스러지도록 일만 시키고, 허구한 날 등 돌리고 잔다고 바가지 긁을 법도 한데 불평 한마디 없는 아내가 늘 고마웠다. 이정수는 아내 옆에 바짝 다가가 누웠다. 아내에게서 나는 기분 좋은 냄새가 코끝에 감겨왔다. 그러다 그만 설핏 잠이 들었다.

"형님, 계세요?"

인기척소리에 이정수는 소스라치게 놀라 깼다.

"거, 뉘시오?"

이정수는 잠에서 덜 깬 눈을 비비며 밖을 내다보았다. 순간 가슴이 철렁 내려앉았다.

"아니 네가 웬일이냐? 무슨 일이라도 있느냐?"

"다름이 아니라 오늘 새벽에 어머니가 돌아가셨어요."

이정수는 순간 숨이 탁 막혔다. 그리고 두 미간 사이로 한가닥 불길한 예감이 스치고 지나갔다. 그 때, 막 대문 안으로 들어선 김천 댁도 두 눈이 휘둥그레졌다.

"충수 아니냐! 방으로 들자꾸나!"

김천 댁은 이충수를 방으로 들게 했다. 늦은 점심상을 받은 그들은 아무도 입을 열지 못했다. 또 다시 얼마동안 침묵이 흘렀다. 처마 끝에 떨어지는 빗방울 소리가 유난히 크게 들려왔다. 이정수는 이복동생의 입에서 무슨 말이 떨어질지 바짝 긴장이 되었다.

"다름이 아니라……."

말을 잇지 못한 이충수는 잠시 헛기침을 했다.

"어머님께서는 생전에 아버님 곁에 묻어 달라고 유언을 하셨어요. 염치없지만 어머니의 간곡한 부탁이셨고, 또 마땅히 모실 곳도 없어서 이렇게 찾아왔어요. 형님, 어떻게 안 되겠어요."

"뭐라고! 보자보자 하니까 정말 너무 하는구나! 너도 알다시피 아버지의 옆자리를 어떻게 작은 어머니가 넘볼 수가 있겠느냐. 오래 전에 그 자리는 우리 어머니 것으로 이미 약속하지 않았냐! 두말 할 것 없다. 평생 아버지와 함께 살아 보지도 못한 우리 어머니를 조금이라도 가엾게 여긴다면 그런 소리는 못할게다."

이정수는 핏대를 올려가며 화를 냈다. 어이가 없는 노릇이었다. 돌아가신 아버지의 옆자리까지 빼앗겠다는 심사가 아닌가. 어떻게 그런 요구를 할 수 있는지 피가 거꾸로 솟는 것 같았다. 김천 댁은 아무 말도 하지 않았다. 김천 댁의 얼굴에 수심이 가득했다. 자신이 작은댁보다 먼저 이 세상을 떠났더라면 아무런 문제가 일어나지 않았을 것이란 생각이 들었다. 목이 메었다. 설핏 눈에 고인 눈물 닦아냈다. 아직도 쏟아낸 눈물이 남아 있다는 게 의심스러웠다.

"참말로 내가 너무 오래 살았구먼. 정수 애비가 환갑을 못 넘기고 가더니만 내가 그 명줄을 이었나보다."

김천 댁은 혼잣말로 중얼거리며 밖으로 나갔다. 마을을 벗어나 선산이 있는 곳으로 걸음을 옮겼다. 그 곳은 김천 댁의 남편이 잠들어있는 곳이었다. 평소엔 잘 가지도 않았다. 풀잎에 맺힌 물방울이 뚝뚝 떨어졌다. 그래서 옷이 흠뻑 젖어들었다. 멀리 무덤이 보였다.

'너무나 무심한 사람, 아니 인정이라곤 손톱만큼도 없는 사람, 피는 물보다 진하다고들 하는데 어찌 그리 선을 긋고 살았는지 몰라…….'

수십 년 동안 쌓인 응어리가 치밀어 올랐다. 남편의 옆자리를 두고 두 여자가 옥신각신하게 된 셈이니 한심하기 짝이 없는 노릇이었다. 언젠가는 돌아오리란 막연한 기다림이었을까. 그런데 그런 일은 끝내 돌아오지 않았고, 남편은 허망하게 눈을 감아버렸다.

금세 날이 저물었다. 서둘러 김천 댁은 산을 내려왔다. 미움도 원망도 모두 부질없는 것이라고 생각했다. 이제는 무거운 짐을 벗어버리고 싶었다.

　김천 댁이 대문 안으로 들어서자 이정수의 아내가 달려 나왔다. 부엌으로 들어간 김천 댁은 단숨에 물 한 사발을 쭉 들이켰다.

　"어미야, 찬거리 좀 장만해라. 미우나 고우나 한 핏줄이 아니겠냐!"

　이정수의 방에는 담배 연기가 자욱했다.

　"형님! 큰어머님께는 죄송스럽습니다. 생각을 좀 해주세요."

　이정수와 이충수는 똑같은 말을 되풀이하며 몇 시간을 그렇게 입씨름을 하고 있었다.

　"참! 깜박 잊었군요. 형님! 이것은 어머님이 돌아가시기 전에 형님께 갖다드리라고 한 것입니다."

　이정수가 받아든 건 아주 오래된 편지봉투였다. 봉투 안에는 편지가 들어 있었다. 편지를 펴든 이정수의 손끝이 바르르 떨었다. 그 때 김천 댁이 방으로 들어섰다. 이정수의 얼굴이 갑자기 검은빛으로 변해버렸다.

　아들 정수야!

　아들이라고 부를 자격도 없는 애비를 용서 해다오. 너에게 용서를 받기엔 너무나 많은 세월이 흘렀구나! 죽기 전, 꼭 너에게 해주고 싶은 말이 있었다. 그래서 이렇게 몇 글자 남긴다.

　정수야! 너를 생각하면 편히 눈을 감을 수 없구나. 젊은 혈기로 큰 야망을 펼쳐 보려고 집을 떠났지만 뒤늦게 후회하고 집으로 돌아왔을 땐 이미 늦었더구나. 변명이라고 할 테지만 목돈이 마련되면 애비 노릇을 하려고 했단다. 그런데 몸이 병들고 나니까, 모든 게 허사가 되었구

나. 정수야! 미안하다. 네 어미를 부탁한다. 불쌍한 사람, 나와는 부부
의 연이 아니었나보다. 네 어미가 세상을 뜨면 내 옆자리에 꼭 묻어다
오. 이승에서 못 다한 인연, 저승에서나마 갚고 싶구나! 모아둔 돈이
조금 있는데 마지막으로 애비 노릇을 하고 싶으니 받아 주거라.

20여 년 전의 아버지의 편지를 읽고 이정수는 콧등이 시큰해왔다.
가슴이 몹시 쓰라렸다.

"형님! 지금껏 이 편지를 숨겨온 어머니도 죄인처럼 살아왔다고 하
셨습니다. 처음에는 아버지에 대한 배신감 때문에 편지를 주지 않았는
데, 세월이 흐른 뒤엔 내놓기가 어색하더랍니다. 형님! 제 어머니를 용
서해 주세요? 큰어머니의 얼굴도 뵐 면목이 없습니다."

편지와 지폐가 든 봉투를 들고 있던 이정수의 손이 갑자기 방바닥을
쳤다. 그는 오열을 참지 못해 흐느껴 울기 시작했다. 오랜 세월 아버지
에 대한 미움이 그리움으로 변해갔다. 한 번만이라도 아버지와 함께 목
욕탕에 가보고 싶었다. 이정수는 편지를 읽자, 쌓였던 응어리가 조금씩
엷어짐을 느꼈다. 애써 감추기라도 하듯 계속해서 담배를 피웠다. 자욱
한 연기 사이로 어머니의 주름진 얼굴이 희미하게 보였다. 이정수를 말
없이 지켜보고 있던 김천 댁이 입을 열었다.

"아버지 산소에 다녀오는 길이다. 그 분의 유언과는 아무런 연관을
짓지 마라. 살아 생 전, 살갑게 살아보지 못한 사이인데 죽어서라고 뭐
가 다르겠니? 원망하지 않으마. 충수 어미를 아버지 옆에 묻도록 해
라."

김천 댁은 입술을 질근 깨물었다.

"나는 애비가 산 논이 훤히 내려다보이는 뒷산에 묻어 주면 그만이다. 그래야 내 손자들을 자주 볼 수 있지 않겠냐? 내 걱정은 마라. 난 아무렇지도 않다."

김천 댁의 목소리는 단호했지만 떨림이 섞여 있었다.

이충수가 돌아가고 난 뒤부터 이정수의 집은 분주해지기 시작했다. 작은댁이 들어올 장지가 집 근처이고, 장례식 때 먹을 음식 장만을 하기로 했던 것이다.

다음날, 작은댁을 실은 장의사 버스가 이정수의 집에 도착했다. 미리 준비한 상복으로 갈아입은 이정수와 그의 아내는 음식 장만을 하느라고 분주했다. 이정수는 몇 시간 전부터 어머니가 보이지 않자, 내심 불안했다.

'평생을 자신을 하늘바라기처럼 바라보며 사신 어머니, 이래저래 묘자리마저 빼앗긴 어머니의 마음이 얼마나 허전하실까?

이정수는 목이 메어왔다. 사람을 시켜 찾아보았지만 김천 댁은 어디에도 보이지 않았다. 할 수 없이 조문객들과 상여꾼들에게 점심을 접대한 후 장지로 떠나기로 했다. 먼저 마당에 제사상을 차렸다. 그리고 엎드려 곡을 하기 시작했다. 이충수는 작은댁에 태어났기 때문에 발인제의 첫 시작 절은 장남인 이정수의 몫이었다. 이충수는 음복을 빌미로 서너 잔 술을 마셨다. 초봄이라지만 꽃샘추위 탓에 기온이 뚝 떨어져 술기운이 알싸하게 퍼졌다. 목구멍까지 올라온 울분이 온몸으로 멍졌다.

'첩의 자식! 첩의 자식!'

이충수는 머리가 아팠다. 냅다 소주를 벌컥 들이켰다.

"왜 이러냐 충수야! 작은어머니 아직 대문 밖도 나서지 않았는데."

"형! 나도 힘들었어요. 나라고 아버지 밑에서 편히 지냈는지 알아요? 날 너무 미워마시오."

이충수는 이정수에 이끌려 상여가 있는 마당으로 내려가 옷매무새를 가다듬었다. 이정수는 이복동생의 뒷모습을 보는 순간 연민의 감정이 일어났다. 어쩜 그리도 아버지의 뒷모습을 빼 닮았는지 가슴이 시려왔다. 양반 상놈 따지는 세상이 아니라지만 아직도 사람들의 시선이 곱지가 않은 게 사실이다. 호적상의 어머니와 생모의 이름이 달라 심적으로 매우 고통스러웠을 것이라는 생각이 번득 스쳤다. 이충수가 결혼할 때도 신부 측에서 그 사실을 알고 완강히 반대했었다는 소식을 들어 알고 있었다. 이복동생이 이 정도로 힘들어하는 줄은 미처 몰랐었다. 아버지로 인해 자신만 고통 받으며 살아온 게 아님을 새삼 깨달았다.

발인제가 끝나고 통곡소리를 했다. 동네에서 요령잡이로 소문난 허씨의 구성진 목소리가 마을에 울려 퍼졌다.

'삶이란 부질없는 바람 같고 꿈과 같으니 일장춘몽이요.'

요령잡이 선소리는 사람들 가슴을 파고들었다. 선소리와 상여꾼들의 후렴구가 구성지게 이어지자, 서서히 상여가 움직이기 시작했다. 발인제를 지내고 인부를 구해 장지 구덩이를 파놓는 일은 이미 끝나가고 있었다. 이정수는 장례 준비를 하는 동안 쌓였던 감정의 찌꺼기가 자신도 모르게 걸러지고 있음을 발견했다.

'아버지와 작은어머니는 저승에서조차 어머니의 가슴에 비수를 꽂는 건 아닐까? 내가 작은 어머니를 돕는 일이 어머니께 효가 되는 일인지,

불효가 되는 일인지 모를 일이야.'

이정수는 몹시 혼란스러웠다.

오라의 땅! 영혼이 꿈틀대는 생명의 땅에 이르러 상여꾼들과 실랑이가 벌어졌다. 요령잡이 허씨는 이정수의 사정을 뻔히 알면서도 새끼줄에 푸른 지폐를 꽂으라고 고함쳤다. 그러는 사이에 오후 2시를 훌쩍 넘겼다. 이정수는 점점 마음이 초조해졌다. 그 때까지도 김천 댁은 돌아오지 않고 있었던 것이다. 그리고 하늘이 잿빛이어서 곧 비를 뿌릴 것 같았다. 날이 저물기 전에 장례식을 모두 마치려면 일을 재촉할 수밖에 없었다. 드디어 장지에 도착했다. 미리 올라간 산역꾼들이 시신을 안치할 광중(壙中)을 이미 다 파놓은 뒤였다. 이정수는 광중의 깊이가 얕은 것 같아 좀 더 깊이 파 줄 것을 부탁했다.

"날씨가 심상치 않으니까 이제 그만하시죠. 비라도 내리면 광중에 물이 스며들어 좋지 않아요. 이만하면 충분합니다."

옆에서 지켜보고 있던 집안사람들이 이구동성 거들며 하관식을 시작하자고 재촉했다.

"아범아!"

"어머니! 어딜 가셨었어요?"

"아직 하관하지 않았지?"

김천 댁은 단숨에 달려왔는지 말문을 제대로 열지 못했다.

"아이고 다리야! 숨 넘어 가겠다. 아범아! 이것도 함께 넣어라."

"그게 뭔가요?"

"저승 갈 때 노자 돈으로 쓰라고 읍내에 나가서 금가락지 하나 사왔다."

옆에서 물끄러미 지켜보고 있던 이충수는 김천 댁의 손을 꽉 움켜쥐고는 울음을 토해냈다.

"큰어머니! 고맙습니다. 뭐라 드릴 말씀이 없습니다."

"됐다! 몇 푼 안 된다. 늦었구나. 어서 서두르자. 빗방울이 떨어지는구나!"

김천 댁이 가져온 금가락지는 작은댁의 시신을 이미 염해서 손가락에 끼워 줄 수 없었다. 그래서 하관을 하고 붉은 명정을 덮은 후 그 위에 금가락지를 놓았다. 드디어 삽질이 시작되었다. 터 다지기를 끝내고 봉분을 세우고 잔디를 심었다. 빗방울이 후드득 떨어지기 시작했다. 상복을 적실만큼 빗방울이 굵어져 잔손질을 하지 못했다. 옆에서는 상여와 유품들이 불태워졌고, 차려놓은 제사상에 분향재배를 하는 것을 끝으로 장례식은 모두 끝이 났다.

장례를 치른 지 3일째 되는 날, 이충수는 제수를 장만하여 이정수를 다시 찾아왔다. 작은댁 묘소에 찾아가 분향을 했다. 이정수와 이충수는 무덤가에 앉아 담배를 한 개비씩 빼물었다.

"형님, 드릴 말씀이 있어요. 어머니의 장례식을 치른 지 며칠 안 되어서 입이 떨어지지 않았어요."

"또 뭔가?"

이정수는 이충수를 채근했다.

이충수가 가슴에서 봉투를 꺼내 내밀었다.

"이건 어머니 장례식 때 받은 부조금인데 형님께 드리겠어요. 그러는 게 마음이 홀가분할 것 같아요. 그동안 신세도 많이 졌고요."

"이러면 안 된다. 난 내 할 도리를 할 뿐이다. 작은 어머니가 몇 년 동안 누워 계셨어도 한 번도 찾아가 뵙지 않은 내가 오히려 면목이 없구나!"

"형님! 이 돈은 큰어머니 장지를 구하는데 쓰세요. 평생 얼굴 한 번 펴고 사시지 못하셨는데, 큰어머니께 조금이나마 속죄를 하고 싶습니다."

"형님, 저희 가족 모두 서너 달 후면 호주로 이민 갑니다."

"뭐라고? 이민을 간다고?"

"호주에서 작은처남이 오퍼상을 하고 있는데 제법 괜찮은가 봐요. 어머니가 병환중이라 생각지도 못했는데, 얼마 전 처남한테서 연락이 왔어요. 지금하고 있는 가게도 시큰둥해서 아예 이참에 뜰까 해요."

"충수야! 우리나라에서도 살기 힘든 세상인데, 남의 나라에서 돈 번다는 게 어디 그리 쉬운 일이겠느냐."

"형님, 죄송해요. 이곳에 어머니를 모셔놓고 얼마 안 되어 이런 말씀을 드려서요. 저는 새로운 땅에서 새롭게 시작하고 싶습니다. 호적에 제대로 올릴 수 없는 곁가지 인생이 아니라, 뿌리가 곧고 줄기가 반듯한 인간으로 거듭 태어나고 싶어요. 그 곳에서도 도저히 살 수 없으면 되돌아오겠습니다. 큰 마음먹고 시작해볼까 합니다."

이복동생의 굳은 결심을 알아차린 이정수는 더 이상 아무 말을 하지 않았다. 김천 댁도 이충수가 이민을 간다는 말을 듣고 씁쓸했다.

"결국 이렇게 되었군. 참으로 괴이한 인연이야."

김천 댁은 대문을 나서는 이충수의 뒷모습을 바라보며 한숨 쉬었다.

몇 달 후, 김천 댁의 가묘가 만들어졌다. 오라의 땅과 김천 댁의 남편과 작은댁이 누워있는 산자락이 훤히 내려다보이는 곳이었다. 명당자리라고 해서 팔지 않으려는 산 주인에게 웃돈을 주어 겨우 장만했다. 김천 댁은 논두렁에 앉아 자신의 가묘를 올려다보았다. 양지바른 곳이라 퍽 따뜻하고 안온하게 느껴졌다. 하지만 올망졸망 잘 다듬어진 봉분 안에 편히 잠들었을 남편과 작은댁을 바라보고 있으려니 한쪽 어깨가 시려왔다.

레퀴엠

레퀴엠

두 달 전, 집세가 싼 곳으로 화실을 옮겼다. 이사할 때만 해도 아래층 건물은 비어 있었다. 그런데 이사를 하고 짐 정리를 하자마자 그곳에 장의사 집이 들어오는 것이었다. 밤낮없이 관을 실어 나르는 소리를 비단 나만 싫어하는 것은 아니었다. 그런데도 상가 사람들은 한마디 불평이 없었다.

새벽이 되어서 겨우 잠이 들었다. 잠을 자는데도 깨어 있는 것인 양 의식이 살아 움직였다. 건물 밖에서 들리는 소음이 모두 감지되었던 것이다. 그 놈의 석관이 부딪치는 소리 때문이었다. 머리를 한 대 냅다 얻어맞은 것처럼 머리가 지끈거렸다. 그때였다. 석관이 탁 하는 소리를 내며 떨어졌다. 순간, 문이 덜커덩하고 흔들렸다. 나는 깜짝 놀라 눈을 번쩍 떴다. 석관 하나가 무언가와 정면으로 부딪친 듯 모양이었다. 등골에선 서늘한 기운이 돌며, 바람이 싸하게 일었다. 석관을 실어 나르는 이른 아침이면, 나는 깨어있어도 침대에서 일어나지 못했다. 누군가가 내 몸의 체액을 흡입이라도 한 것처럼 곧 몸이 탈진해 버리기 때문이었다.

"또 누군가 죽었구나."

죽음이라는 것은, 다시는 볼 수 없다는 고통을 수반하기 때문에 두

렵다고 했던가. 나는 만져볼 수 없다는 게 바로 죽음일지도 모른다는 생각을 하며 잠을 털어냈다. 그리고는 밤새 방바닥에 흩어져 있던 생각을 끌어 모았다. 이런 나의 잡념을 끌어 모은다고 해서 새롭게 시작하는 것도 아니었다. 하지만 나에게 새로운 선택은 없었다. 그냥 이대로 숨죽이며 사는 것 밖에 도리가 없는 듯 했다. 미친 듯이 그림에 몰입하는 것도 따지고 보면 산다는 것에 대한 자신이 없기 때문이었다.

아무리 생각해도 상투적이고 진부한 일이었다. 남편의 외도를 입에 담았다는 일이 말이다. 그냥 모르는 척 했어야했던가. 그런 일로 시비를 건다는 자체가 식상하고 진부하기 짝이 없는 일이었을까. 남편의 생각대로라면 가만히 두면 제자리에 돌아올 것을 문제를 삼아서 일이 크게 벌어졌다는 것이다. 정말 조용히 있었으면, 아무 일도 없었던 것처럼 그가 돌아왔을까. 그러면 우리 아이도 아무 일이 없었던 것처럼 살아올 수 있을까. 그건 아니지 않는가?

그 때, 레퀴엠이 연기처럼 계단을 타고 올라왔다. 모차르트가 작곡한 것이라는 것을 단번에 알아차렸다. 그 음악을 몇 번 듣고, '화려한 슬픔'이라는 제목으로 그림을 그렸던 적이 있었다. 모차르트 레퀴엠은 자신의 죽음을 예감한 양 작곡했다지만 결국 미완성으로 끝이 났다. '미완성' 얼마나 멋진 단어인가. 자신의 죽음을 대비한 미완의 음악이란 말이 말이다. 따지고 보면 나의 일상도 늘 미완으로 끝이 났다. 그래서 그 음악이 좋았던 것이다. 장의사집이 이사를 온 뒤부터 그 음악이 주기적으로 흘러나왔다. 어쩌다 한 번 틀었거니 했다. 그런데 그게 아니었다. 아래층 장의사에 들려오는 음악은 결코 대중적인 음악은 아니었던 것이다. 나는 몸을 동그랗게 말았다.

건물주는 삼십대 중반이었다. 더구나 일층에서 정육점을 운영했다. 어떻게 젊은 나이에 점포를 소유하게 되었는지 알 수는 없지만 고기 써는 솜씨 하나는 일품이었다. 처음 집을 얻기 위해 식육점을 갔을 때였다. 주인은 방금 도살한 돼지를 손질하고 있었다. 어찌나 그 일에 몰두하고 있는지, 말을 건네기가 무안할 정도였다. 돼지머리를 쇠고리에 걸어놓고 토치램프로 잔털을 태우는 건물 주인의 모습은, 청동 조각을 하는 예술가처럼 보였다. 파르스름한 불빛이 돼지의 살갗을 태울 때마다 흔들거렸다. 토치램프의 불빛에 반사된 건물 주인의 얼굴이 점점 이글거렸다. 몸통과 분리되어 걸려있는 돼지들은 여러 가지 형태의 얼굴을 하고 있었다. 어쩌면 고통스러운 울음을 삼킨 채 경직되었는지도 모를 일이었다.

"어떤 죽음이든 죽음은 신비로워요."

남자는 혼잣말로 중얼거렸다.

"왜 이런 작업을 집에서 하시나요? 요즘은 공장에서 모든 작업을 한다고 하던데요."

"난, 그런 물건은 안 써요. 내가 직접 농장으로 가서 돼지와 소를 고른 뒤 도축을 해서 가져옵니다."

정육점 남자가 일을 끝낼 때까지 서 있었다. 당시 나는 전시회 작품을 구상 중이었는데, 돼지의 얼굴을 보면서 여러 가지 이미지를 떠올렸다. 새로운 영감을 불러일으키기에 충분했다. 정육점 남자는 멋진 미소를 지으며 죽은 놈은 따로 골라두었다가 웃돈을 주고 판다는 말을 했다. 죽는 순간에 웃고 죽어야만 대접을 받을 수 있다는 말에 웃음이 터져 나왔다. 잠시 집을 얻기 위해 그 남자를 만나러 왔다는 사실도 잊고 있었다. 그런데 정육점 남자는 얼굴색 하나 변하지 않고 나를 쳐다보았다. 마치 왜 웃느냐는 식의 표정이었다.

얼마 후, 정육점 남자가 토치램프를 끄고, 가운을 벗었다. 정면으로 바라본 남자의 얼굴은 웃는 돼지 얼굴을 닮아 있었다. 그제서야 식육점 남자와 나는 그 곳에서 전세 계약서를 썼다.

처음 며칠 동안은 화실을 정리하느라 다른 생각할 틈이 없었다. 정물대를 설치하고, 조명등을 다는 데도 오랜 시간이 걸렸다. 그러던 어느날, 정육점 남자가 남자를 한 명 데리고 화실로 찾아왔다. 그리고는 남자를 나에게 소개를 하기 시작했다. 정육점 바로 옆 빈 점포에 장의사를 차릴 테니까, 협조를 해 달라는 것이었다. 나는 몹시 기분이 언짢았다. 하필이면 왜 장의사가 들어오는지 모를 일이라고 퉁명스럽게 답했다. 남자는 작고 파리한 입술을 꼭 다문 채, 까만 눈동자를 깜박거렸다. 나는 남자에게 정말 본인이 직접 장의사를 하실 거냐고 물어보았다. 그러자 시신을 염하는 것은 물론 얼굴 페인팅까지 모두 직접 할 거라고 대답을 하는 것이었다. 나는 순간 깜작 놀랐다. 얼굴 생김새와 직업이 맞지 않았던 것이다. 직업에 대한 선입관 때문이었을까. 그렇게 작고 여리게 생긴 사람이 거친 장의사 일을 해낼 수 있을지 의문이 들었다.

선뜻 대답을 하지 않자, 그들은 안절부절 어쩔 줄 몰랐다. 이미 물건 계약이 끝난 상태라는 것이었다. 사실 2층으로 올라가는 출입구와 맞닿아 있지 않다면 굳이 내게 와서 양해를 구하지 않아도 될 일이었다. 더군다나 화장실을 공동으로 사용해야하는 형편이다 보니까 더 했다. 결국 나는 승낙을 하고 말았다.

다음 날부터 그들은 집수리를 하기 시작했다. 그런데 문제는 바로 그 다음부터였다. 장의사 품목이 많아 화장실 옆의 빈 공간까지 물건을 쌓아놓았다. 나는 드러내놓고 그에게 화를 낼 수도 없었다. 나는 매일 검은 옷 칠을 한 목관과 누런 삼베 수의와 짚신을 마주치며 살아야 했다.

장의사가 이사 온지 일주일이 지난 뒤였다. 정육점 남자와 장의사 집 남자가 소주를 들고 화실로 찾아왔다. 사실, 그들과 가까워질 만큼 남자가 절박하지도 않았다. 그래서 쌀쌀맞은 태도로 대했다. 그들도 냉랭한 나의 반응에 당황하는 눈치였다. 마블링을 뜨고 있던 중이었기에, 화실바닥은 물감으로 난장판이었다. 그런데도 그들은 내 의사와 전혀 상관없이 안으로 들어섰다. 그리고 화실 바닥에 털썩 앉는 게 아닌가. 스산한 가을 날씨 탓에 화실은 어느 때보다 썰렁한 분위기였다. 그들은 멀뚱거리고 서 있는 나에게 술을 권했다. 그때 나는 80호 캔버스에 밑 그림을 그려 넣고도 오랫동안 채색을 하지 못하고 있었다. 밑 스케치가 마음에 들지 않은 탓에 채색을 하지 못했던 것이다. 그들과 마주하고 싶어 술 퍼마실 기분이 아니었다. 그런데도 결국 술을 받아 마셨다. 문득 이쑤시개를 캔버스 위에 올려놓은 뒤, 물감을 분사하는 방법과 종이 죽을 이용해 입체적으로 볼륨을 주는 방법이 떠올랐다. 내가 술을 연이어 받아 마시자, 그들은 다소 놀라는 기색을 보였다. 예술을 하는 사람들은 술을 매우 좋아한다고 들었다며 한수 거들기까지 했다. 장의사 남자는 소주 두 잔에 얼굴이 금세 붉어졌다. 이야기를 하는 동안 그들과 나는 나이가 같다는 것을 알았다.

얼굴 생김새와 달리 태수라는 이름을 가진 남자였다. 태수, 그 이름은 예전에 방영했던 사랑과 야망의 등장인물 중 한 명이었다. 그러나 장의사 집 태수는 드라마 속의 남자와 달리 몸이 왜소했다. 그도 자신의 생김새와 이름이 걸맞지 않는다고 말했다. 그는 직업이 윗대에서부터 받아왔다며 긴 한숨을 토해냈다. 그 때였다. 그의 두 볼에 붉은 연시가 떠올랐다. 앙상한 가지에 매달려 대롱거리는 그런 연시였다. 나는 다시 눈을 동그랗게 뜨고, 그의 얼굴을 똑바로 보았다. 분명 태수의 얼굴엔 붉은 연시가 매달려 있었다.

"미쳤다고 생각되지만 당신 얼굴에 붉은 연시가 있어요."

"연시요?"

"그래요. 서리를 맞으며 익어 가는 감 말이에요. 작년에 스케치 여행을 다녀온 적이 있는데, 감나무에 연시가 매달려 있는 모습이 아주 인상적이었어요."

문득 캔버스에 그의 얼굴을 그려놓고 싶다는 생각을 했다. 내가 태수의 얼굴을 빤히 쳐다보자, 그는 부끄럽다는 듯 고개를 돌렸다. 그의 얼굴에 일순간 어두운 그림자가 드리워졌다. 그러자, 두 볼에 떠올랐던 붉은 연시가 사라지고 없었다. 주인집 남자만 없었더라면 펑펑 울었는지도 모른다.

아이와 처음이자 마지막으로 여행을 갔었다. 그 때까지만 해도 아이는 건강했기 때문에 다른 상상은 전혀 하지 못했다. 스케치 여행에 아이를 데리고 가겠다고 하자, 시어머니가 펄쩍 뛰면서 건강이 나빠졌으니깐 초등학교나 들어가면 데려 가라고 했다. 아이가 일곱 살이 되도록 시어머니가 맡아 키우고 있었던 것이다. 그런데 나는 아이를 훔쳐오듯 데리고 왔고, 붉은 연시가 고즈넉하게 달려 있는 어느 마을 농가에서 삼 일을 보내고 돌아왔다. 아이가 몹시 즐거워했었다. 연시를 따먹는 재미와 강가에서 다슬기를 잡으며 놀았다. 서먹서먹하기만 했던 아이와의 관계가 좋아졌다고 생각했었다. 며칠 후, 갑자기 아이가 쓰러졌다. 늘 심장질환 앓고 있었지만 그렇게 심각한 수준이었는지 알지 못했다. 돌연 아이가 심장 발작을 일으켜 수술대에 올랐지만 깨어나지 못하고 말았다. 미리 체크를 했어야했다. 그런데 나는 오로지 주파수가 남편을 향해 있었다. 빈껍데기인 남편을 다시 집안으로 끌어들여야 한다는 목표만 존재했던 것이다. 아, 견딜 수 없이 화가 났었다. 내 자신에게 나는 화였다. 아직도 나는 나를 용서할 마음이 없다.

정육점 남자가 싱글이냐고 내게 물었다. 나이 서른다섯이라는 나이를 알면서도 말이다. 그래서 나는 목소리에 힘을 주어 더블이라고 말했다. 실망하는 눈치였다. 그들은 자신들의 직업에 대한 가치를 설명하기 시작했다. 아직도 그런 유치한 생각을 하느냐고 핀잔을 주었지만, 내심 나도 직업에 대한 고정관념이 해체된 것은 아니었다. 솔직히 그들의 직업에 대한 인식이 좋지 않았다. 얼마 동안을 그렇게 앉아 술을 주고받았다. 직업에는 귀천이 없다느니, 실업자가 많은 것은 직업에 대한 편견이 심해서 이루어지는 사회 현상이라는 식의 말을 늘어놓으면서 말이다.

다음 날 아침, 아수라장이 된 화실을 보고 너무 놀랐다. 술병과 먹다 남은 음식이 뒤범벅이었다. 나는 음식 찌꺼기를 보자, 속이 울렁거렸다. 과음을 했던 탓에 속이 메스껍고 머리가 지끈거려 일어날 수가 없었다.

그 날 이후, 80호 캔버스의 밑그림이 바뀌었다. 종이죽을 풀어 물감을 섞은 뒤에 캔버스에 붙였다. 그리고 화면 중앙엔 커다란 목관을 그려 넣은 뒤, 태수를 스케치했다. 맨 처음에 스케치했던 밑그림은 물레를 돌리고 있는 두 여자의 모습이었다. 그런데 태수의 얼굴에 딸아이의 얼굴이 겹쳐지는 것이었다. 예전의 그림과는 사뭇 달랐다.

모차르트의 레퀴엠이 반복적으로 흐르고 있었다. 죽은 자의 영혼을 위로하기 위한 음악이기 전에 살아있는 자의 슬픔을 위로하기 위해 지었다는 레퀴엠에 깊은 매력을 느끼기 시작했다. 브람스나 베르디의 레퀴엠도 몇 번 들어보았지만 모차르트 레퀴엠처럼 깊은 절망에 빠져 있던 나를 끌어내지는 못했다.

정육점 남자, 장의사 태수와 함께 자정까지 술을 마신지 꼭 보름이 되던 날 밤이었다. 나는 태수에게 전화를 걸었다. 그 날은 가을비가 내리고 있었다. 태수의 얼굴에 떠올랐던 연시가 생각나서였다. 솔직히 말하면 그날 밤, 나는 누군가가 간절히 필요했다. 혼자라는 사실이 소름 돋도록 싫었다. 태수가 화실로 찾아와 마주보고 앉았는데 왠지 머쓱해 입을 열지 못했다. 태수는 천천히 화실을 둘러보았다. 그리고는 하얀 천으로 가려져 있는 그림에 관심을 보였다. 그는 말없이 돌아서더니 가지고 온 술병을 땄다.

그는 왼손잡이였다. 그가 왼손으로 술병을 따는 모습을 보며, 나는 엉뚱하게도 딸아이도 왼손잡이였다는 사실을 깨달았다. 왼손잡이인 사람은 많았다. 그런 일로 태수와 딸아이를 하나로 묶으려는지 모를 일이었다. 소주를 한 병을 비운 태수와 나는 적당하게 취기가 오르자, 말을 텄다. 나는 캔버스 앞으로 다가가 하얀 천을 끌어내렸다. 그림을 그리지 않을 때에는 천을 씌우는 버릇이 있었다. 그림 속 내용이 쏟아져 나올 것만 같아서 그런 습관을 갖게 된 것이다.

태수는 그림을 보면서 염을 할 때의 경험을 늘어놓기 시작했다. 수명이 다해서 죽은 사람의 얼굴에 하얀 천을 씌울 때는 마음이 편안하다고 했다. 하지만 어린아이나 젊은이가 죽을 때는 매우 고통스럽다는 것이었다. 단순히 주워들은 이야기는 아니듯 싶었다. 태수는 나이에 비해 의외로 경험이 풍부해 보였다. 특히 죽음에 관한 이야기를 할 때엔 진지했다. 그는 그림 속의 모델이 자신의 얼굴을 닮은 것 같기도 하고, 아닌 것 같기도 하다고 말했다. 나는 대답대신 웃었다. 자리로 돌아온 우리는 남아있는 술을 마셨다. 취기가 오르자, 태수의 두 볼이 붉어지기 시작했다. 나는 태수의 두 볼을 조심스럽게 감싸 쥐었다.

"붉은 연시가 두 볼에 대롱대롱 매달렸어. 바닥으로 뚝 떨어질 것 같아."

"술기운이 퍼지면 유난히 두 볼이 붉어졌어요. 그래서 술자리에서 놀림을 많이 당했어요."

"딸애도 두 볼에 붉은 연시가 매달려 있었어요. 아주 어렸을 땐 너무 붉어서 조금만 건드려도 금세 붉은 피가 솟구칠 것만 같았지요. 그런데 차츰 아이의 두 볼은 검푸른 색으로 변해갔어요."

잠시 침묵이 흘렀다. 어느 새 나의 두 눈에 눈물이 가득 고여 있었다.

"어머니는 날 낳다가 돌아가셨어요. 아버지는 직접 당신의 손으로 어머니를 염을 했고, 그 이후부터는 장의사를 하지 않으려고 했어요. 하지만 장의사를 하며 평생 살았지요. 먹고 살기 위해서는 어쩔 수 없었어요. 아버지는 내가 7살 되던 해에 재혼을 했는데, 행복하진 못했어요. 아버지가 자꾸 나만 싸고도니까 새어머니가 비집고 들어올 틈이 없었던 거죠. 결국 새어머니는 집을 나가고 말았어요. 나도 아버지처럼 선택의 여지가 없었어요. 아버지의 성화에 적성에 맞지도 않는 정치학을 공부하다가 결국 집어 치웠어요. 지금은 오히려 마음이 편해요. 나이도 어린 게 무슨 염을 하느냐고 비웃던 사람들도 저를 신임하기 시작했거든요."

을씨년스럽게 내리는 비 때문이었을까. 태수와 나는 인사불성이 되도록 술을 퍼 마셨고, 태수의 얼굴이 점점 다가오고 있음을 알았어도 몸을 피하지 않았다. 곁에 있던 테레빈과 린시드 기름병이 넘어지는 소리가 들려왔지만, 이미 태수가 내 몸 안으로 들어오고 있었다.

나는 가운을 걸치고 침실에서 나왔다. 화실은 공기가 혼탁했다. 창문을 활짝 열어 환기를 시켰다. 아래층을 내려다 봤다. 장의사 트럭에 석관과 꽃상여가 실려져 있었다. 태수가 날 올려다보며 가볍게 손을 흔들어 보였다.

작업대로 다가가 천을 걷어냈다. 백 터치를 살색과 연한 갈색으로 이미 칠 한 상태였다. 나이프로 물감을 찍어 덧칠을 하기 시작했다. 그런 다음에 종이죽을 풀어 군데군데 볼륨을 주었다. 전혀 다른 이미지를 떠올리게 했다. 이 순간만큼은 나를 옭아맸던 자잘한 일상들이 하찮게 느껴졌다.

남편도 그림 그리는 사람이었다. 동인전을 준비한다고 허구한 날 함께 붙어 다니다가, 그만 섹스까지 하는 사이가 되어버렸다. 그 땐 극히 자연스러운 생리적 현상이라고만 생각했었다. 그런데 내가 임신을 하자, 문제가 불거졌다. 그는 나와 결혼을 할 마음이 없다고 했다. 아이가 태어나자 우리는 별거 아닌 별거 생활을 했다. 정신적 결합이 없는 섹스는 권태기가 빨리 온다는 걸 알고 있었으면서도, 임신을 핑계로 결혼을 해버렸던 게 처음부터 잘못된 일이었다. 평소 아이의 피부가 까무잡잡하다고만 생각했다. 아이의 입술도 여느 아이들보다 검붉은 색을 띠었다. 아이가 떠나기 얼마 전부터는 붉은 연시 같았던 두 볼이 시퍼렇게 변해갔다. 아이는 혼자서 심장병을 앓고 있었던 것이다.

아이가 떠나자, 나는 어둠을 무서워하기 시작했다. 밤에도 불을 켜야만 잠을 잤다. 어둠 속에 있으면 숨을 제대로 쉴 수가 없었다. 그런 증상이 계속되자, 신경안정제와 수면제 처방을 해서 겨우 버텼다. 그런 내 모습이 불안했던지, 남편은 짐을 싸들고 잠시 집으로 돌아왔다. 그러나 그와 나는 너무도 낯설어 했다. 같은 공간에서 호흡하는 것조차 부담스러웠다.

잔뜩 긴장한 탓에 붓과 나이프를 든 손등에 핏줄이 퍼렇게 드러났다. 바닥은 물감과 기름통 그리고 신문지가 사방에 흩어져 있었다. 너무 오랫동안 그림을 보고 있었던 탓에 눈앞에 작은 실지렁이가 어른거렸다. 허리가 뻐근해지면서 두 다리에 경련이 일어났다. 이 번 작품만큼은 좋은 평을 받아야한다는 생각을 하며 눈을 감았다. 눈꺼풀 위로

졸음이 내려앉기 시작했다.

어느새 시계는 오후 2시를 넘고 있었다. 정신없이 그림에 몰두해 있으면 배고픔조차 잊었다. 나는 소파로 다가가 쓰러지듯 누웠다.

서늘한 바람이 목덜미를 휘감자 화들짝 놀라 눈을 크게 떴다. 모든 게 어둠 속에 잠겨 있었다. 여러 날 잠을 설친 탓에 깊은 잠에 빠져들었던 것이다. 머릿속엔 아직도 오전에 그렸던 그림들로 꽉 차 있었다. 온종일 먹은 게 없어서 배가 몹시 고팠다. 순간, 꿈이 떠올랐다. 꿈에서 나는 관속에 누워 있었다. 태수의 얼굴도, 아이의 얼굴도 아닌 분명 내 얼굴이었다. 죽은 내 모습을 내려다보고는 있어도 전혀 무섭지가 않았다. 어렸을 때 책상 밑과 이불 속에 들어가 있으면 아늑했던 느낌과 똑같았다

유리창으로 들어오는 가로등 불빛 때문에 사물의 윤곽이 희미하게 드러났다. 어둠 속에 갇혀 있다는 생각은 점점 사라졌다. 나는 테이블 위에 벗어놓은 안경을 찾아 썼다. 그리고 천천히 일어나 신발장 옆으로 다가갔다. 스위치를 올리자 형광등이 일제히 깜박거리며 들어왔다. 어둠이 서서히 걷히자, 아리아스 석고상이 눈에 환히 들어왔다.

나는 전화기 버튼을 눌렀다. 태수의 목소리는 착 가라앉아 있었다. TV를 보다가 전화를 받는 것 같았다.

그 날 나는 또다시 태수와 잤다. 하지만 실패로 끝났다. 문제는 나였다. 감정이 몰입되지 않았다. 그의 방에서 섹스를 했는데, 방구석에 목관이 겹겹이 쌓여 있어서 섬뜩한 기분이 들었다. 방안 가득 서늘한 기운 때문에 헉헉거리고 있는 태수의 등을 밀쳐냈던 것이다. 그는 버럭

화를 냈다. 나는 차라리 관속에 들어가 섹스를 하는 게 어떻겠느냐고 말했다. 어디까지나 그건 농담이었다. 관속에서 섹스를 할 생각은 전혀 없었다. 태수가 토라졌기 때문에 무심코 내뱉은 말이었는데, 결국 그가 흔쾌히 받아들였다. 그래서 관속에서 섹스를 하게 되었다. 그런데 뜻밖이었다. 그 느낌이 너무도 자극적이었다. 눈을 감고 누워있자, 고요함과 두려움이 섞인 침묵이 뇌리를 파고들었다. 마치 말간 물속에 잠겨 있는 듯한 착각에 빠져들었다. 그래서 나는 아주 편안한 상태에서 몇 번이고 오르가슴을 느낄 수 있었다.

태수가 화실 문을 열고 들어왔다. 그의 손에는 시신의 얼굴에 페인팅 할 때 쓰는 화장 케이스와 수의가 들려져 있었다. 시신의 얼굴에 페인팅 하듯 내 얼굴도 해달라고 했던 것이다. 태수의 얼굴은 약간 상기되어 있었다. 태수는 아래층으로 내려가 목관을 어깨에 짊어지고 돌아왔다. 그가 목관을 바닥에 내려놓자, 쿵하고 둔탁한 소리가 났다. 관 뚜껑을 열자, 관속이 맨홀처럼 깊게 느껴졌다.

나는 속옷까지 벗고 수의로 갈아입었다. 손으로 짰다는 삼베라서 그런지 골이 섬세하고 부드러웠다. 태수의 얼굴은 사뭇 진지했다. 실제 상황 일 때도 그렇게 말이 없느냐고 물었다. 그러자 매번 입에 빗장을 지르는 건 아니지만, 죽은 이의 영혼을 위해 입안에서 만가를 부른다고 했다. 그는 분명 만가라고 했다. 순간 동네 어귀에서 만장을 치켜들고 만가를 부르던 사람들의 모습이 아릿하게 떠올랐다.

태수는 조심스럽게 내 얼굴에 화장을 하기 시작했다. 그림을 그릴 때처럼 가벼우면서도 부드러운 붓놀림이 계속되었다. 페인팅 케이스에는 다양한 색상들이 있었다. 기초 화장수는 몇 개에 불과 했지만, 색조 화장품 만큼은 다양하게 갖추어져 있었다. 화장을 하고 있는 그의 손가락이 가볍게 움직였다. 전혀 무게가 느껴지지 않았다. 이렇게까지 정성스럽게 화장을 할 필요가 있냐고 물었다. 그러자 그는 피식 웃으면서 마지막 파티에 나가려면 이만한 정성은 들여야 하지 않겠느냐며 대꾸를 했다. 그는 죽음을 마지막 파티라고 표현했다. 눈썹을 그리고 입술라인을 그린 뒤, 붉은 색으로 볼터치를 했다. 거울에 비친 얼굴은 피에로처럼 짙고 화려했다.

"이제 목관 안으로 들어가도 돼요."

그가 시키는 대로 관속에 들어가 누웠다.

"그 다음 목관에 대못을 치도록 해요."

"당신의 이런 행동을 이해할 수가 없어요. 이런 방법으로 어떻게 죽음의 의미를 깨달을 수 있겠어요."

"나의 이런 행동을 사치라고 생각해요?"

"그런 건 아니지만……."

"태수씨는 어려서부터 아버지를 따라다니며 많은 죽음들을 보았다고 하지만, 자신이 맞이해야 할 죽음의 색이 어떤 것인지 생각해 본 적 있어요? 나는 죽음에 직면 했을 때의 감정을 색으로 담아보고 싶어요."

"저도 염을 할 때마다 늘 다른 기분은 듭니다. 죽은 사람들의 얼굴이 모두 다르다는 새로운 사실도 알게 되었어요. 죽은 삶들의 얼굴이 모두 같은 색을 띠고 있어서 처음에는 비슷비슷했거든요. 그런데 죽은 사람의 얼굴은 제각기 다른 표정을 짓고 있어요. 그래서 화장법도 다르게 합니다. 외국에선 화장이 지워지지 않게 하려고 유성페인트를 사용한다고는 하지만, 나는 그런 방법은 좋지가 않다고 봐요. 유성페인트로 화장을 하면 왠지 정지된 느낌이 들어요. 그래서 저는 일반 화장품을 사용합니다."

"죽음이란 모든 것들이 정지된 것이 아닐까요?"

그는 웃어 보일 뿐 더 이상 말을 하지 않았다. 드디어 관 뚜껑이 닫히고 대못을 쳤다. 쿵쿵 못 박는 소리가 귓속으로 파고들었다. 정신이 아득해지면서 세상과 멀어진 느낌이 들었다. 작은 공간이지만 분명 또 다른 세계로 통하는 통로 같단 느낌이 들었다. 눈을 감았다. 옻칠을 한 목관과 삼베옷감에서 나는 독특한 냄새가 마음을 편안하게 만들었다. 그렇다고 두려운 마음이 완전히 사라진 것은 아니었다. 발가락을 움직여 보았다. 생각보다 공간이 남아있었다. 그 때, 태수는 무엇이 보이냐고 물었다. 나는 아무 것도 보이지 않는다고 말했지만 차츰 긴 터널 속으로 빨려 들어가는 느낌을 받았다. 이것이 바로 딸아이가 지나갔을 어둠의 터널이었을까. 눈을 뜨자, 깜깜했던 목관 속이 차츰 밝아졌다. 작은 틈새로 빛이 들어오고 있었다. 빛이 들어오는 작은 틈새를 손으로 막았다. 옹이가 박힌 틈새였다. 바늘구멍처럼 아주 작았다. 태수는 아주 정교하게 만든 목관이라고 설명하기 시작했다. 이 목관은 관을 제작하는 장인이 죽어서 들어갈 관이었는데, 어찌하다가 자신의 손에 들어왔다는 것이다. 몇 년 동안 잘 말린 오동나무에 옻칠을 겹칠해서 만든 것이라 가볍고 뒤틀리지 않는다고 했다.

"이 목관은 내일 아침 일찍 나갈 물건입니다."

"뭐라고요? 그럼 예약되어 있는 목관입니까?"

가슴이 몹시 뛰었다. 문득 모차르트가 자신의 죽음을 예감하고 만든 레퀴엠이 떠올랐다. 옹이를 틀어막고 있던 손가락을 뗐다. 옹이의 틈바구니를 뚫고 들어오는 빛이 있었다.

쏟아져 들어오는 빛을 손끝으로 눌렀다. 옹이의 틈새로 들어오는 빛은 죽음이 결코 끝이 아니라는 걸 내게 알려주려는 듯 했다. 나는 태수를 불렀다. 그런데 아무런 대답이 없었다. 겁이 덜컥 났다. 또 다시 그를 부르자, 그는 아래층에서 허겁지겁 올라오고 있었다. 나는 그에게 빨리 나를 꺼내달라고 했다.

그가 나를 밖으로 꺼냈다. 오랫동안 관속에 누워있던 탓에 몸이 굳어버려 움직일 수가 없었다. 시계를 보니 한 시간 동안이나 관속에 누워 있었다. 태수는 걱정스런 눈빛으로 나를 바라보았다.

"이제 괜찮아요. 지금부터 그림을 그릴 거야. 목관 속에서 보았던 노란빛을 캔버스에 담아보고 싶어요."

태수는 수의와 페인팅 케이스를 정리한 다음, 목관을 어깨에 둘러메고 계단을 내려가기 시작했다.

얼마 후, 레퀴엠이 아래층에서 들려왔다. 나는 캔버스를 바닥에 내려놓고 노란 물감을 뿌렸다. 그리고는 그림 속에 눕기 시작했다. 그림과 내가 하나가 되는 순간이었다. 이제 나를 용서할 수 있을 것 같았다.

이·미·경

충북 영동에서 출생하였으며, 1997년 농민신문 신춘문예 단편소설 '오라의 땅'
이 당선한 계기로 소설 공부에 전념하게 되었으며, 대전 대학교 대학원 문예
창작학과 학위를 받았다.
2002년 제6회 동서커피 문학상 단편소설 '청수동이의 꿈'이 대상을, 2003년에
는 장편소설 '는개'를 출간했다.
현재 '정지용'시인의 고향이기도 한 충북 옥천, 그 언저리에서 '시와 추억'이
라는 작은 전원 카페를 운영하면서 소설을 쓰고 있다.

* 도깨비바늘 : 국화과의 일년초, 열매에 빳빳한 털처럼 여러 가닥으로 짧게
갈라진 가시가 있어 아무데나 잘 달라붙는다.

▮ E-Mail: imk0802@hanmail.net
▮ '시와추억' 전원 카페: 043-731-7747

도깨비바늘

지은이 이미경

인쇄일 초판1쇄 2007년 7월 5일 **발행일** 초판1쇄 2007년 7월 12일
발행처 새미 등록일 2005. 3. 15 제17-423호

편 집 박지혜, 이초희, 김나경 **영 업** 정구형
총 무 한선희, 손화영, 박지연 **물 류** 박홍주, 김종효

서울시 강동구 암사동 463-25 2층
Tel 441-1762, 442-4623,4,6 Fax 442-4625
www.kookhak.co.kr / kookhak2001@hanmail.net

ISBN 978-89-5628-277-0 *03080
가 격 13,000원

저자와의 협의하에 인지는 생략합니다.
새미는 **국학자료원**의 자회사입니다.